MANU GONZÁLEZ

Redbook

© 2022, Manuel González Márquez
© 2022, Redbook Ediciones, s. l., Barcelona

Diseño de cubierta: Dani Domínguez

Diseño interior & maquetación: Gabriel Pérez Conill

Fotografías: Wikimedia Commons / Archivo APG / Fotografías de Pablo Begué y Eurosteamcon Zaragoza cortesía de Gaudi Ramone. Fotografías de la Feria Steampunk de Barcelona cortesía de JM Puyo (pp.216-219).

ISBN: 978-84-18703-42-3

Depósito Legal: B-19.651-2022

Impreso por Sagrafic, Passatge Carsi 6, 08025 Barcelona

Impreso en España - *Printed in Spain*

STEAMPUNK

MANU GONZÁLEZ

ÍNDICE

STEAMMOVIES   76

STEAMCÓMICS   164

¿QUÉ ES EL STEAMPUNK?

El steampunk comenzó como un movimiento literario a finales del siglo XX. Forma parte de la ciencia ficción retrofuturista, situada en el pasado y no en el futuro, como la mayoría del género, que se puede resumir sencillamente como una revisitación de un siglo XIX alternativo, una ucronía en la que el pasado ha ocurrido de otra manera a la histórica de nuestro mundo. El escritor norteamericano K. W. Jeter lo describió en 1987 como «fantasías victorianas»: el Imperio británico fue el país más poderoso del mundo entre 1800 y 1899, donde se produjeron los avances más significativos de la Primera Revolución Industrial y también de la segunda, las épocas que perfilaron el sistema capitalista actual.

Steam en inglés es «vapor», mientras que la palabra *punk* adquiere un tono contracultural. No hay que entender el steampunk como un estilo de recreación histórica ni una exaltación de lo vintage, aunque en el movimiento cosplay sí que hay algo de eso. Artísticamente, literariamente o cinematográficamente, estamos hablando de ucronías retrofuturistas centradas en una época muy determinada de la historia de la humanidad.

Esto sería así si nos basamos en el concepto literario puro y sus principios. Lo que ocurre es que los géneros mutan, permutan y se reproducen, y el steampunk no iba a ser menos. Lo que comenzó siendo literatura mutó en estética, en contracultura y en comunidad, y el steampunk creció alrededor del mundo tanto como variante artística cuanto como filosofía de vida. Al convertir el steampunk en una estética situada en la Segunda Revolución Industrial de mediados y finales del siglo XIX puedes ampliar el campo de juego de la ficción tanto como quieras. Ya no es necesario que una fábula steampunk esté anclada en una edad concreta… ¡ni siquiera es necesario que esté basada en nuestro propio mundo! Los creadores steampunk han multiplicado por mil las posibilidades del género, creando futuros postapocalípticos con estética decimonónica o llevándonos a otros planetas donde la humanidad, u otras especies, tienen tecnologías basadas en el vapor.

¿En qué época deberíamos situar el principio y el final del steampunk? Ésta es una de las preguntas más difíciles que se pueden formular en el movimiento steampunk. Están los maximalistas que sitúan el steampunk desde principios de la Primera Revolución Industrial. La famosa hiladora Jenny, de James Hargreaves, la primera máquina hiladora que funcionaba automáticamente, se inventó en 1764. La Revolución industrial textil fue el germen de la Revolución industrial. La primera concesión del Parlamento británico para la construcción de un ferrocarril se hizo en 1801, un vagón movido por caballos entre Wandsworth y Croydon, unos trece kilómetros. Trece años más tarde, en 1814, George Stephenson utilizó la máquina de vapor como medio de locomoción, siendo utilizada principalmente en las minas. En 1821, se autorizó la construcción de la primera línea de ferrocarril con tracción de vapor entre Stockton y Darlington, que se abrió al público en 1825.

Si tenemos que ser puristas con la palabra *steam* [vapor], la primera patente de una máquina de vapor se realizó en 1698 con el motor de Thomas Savery. Su invento comenzó a utilizarse en la minería para bombear el agua de las minas con gran peligro de explosión. Esta máquina sería perfeccionada por Thomas Newcomen a principios del siglo XVIII, un artilugio con menos presión capaz de mover pistones. Tendríamos que esperar hasta 1769 para que James Watt patentara la máquina de vapor tal y como la conocemos actualmente.

Yo he decidido no ser tan purista y he determinado que la época del steampunk podría estar situada entre 1803 y 1910. Por un lado, tenemos el principio de las guerras napoleónicas o guerras de la Coalición, época en que los grandes avances tecnológicos se aplicaron en el campo de batalla y el arte de la guerra. El final es el despegue de la industria automovilística y su motor de gasolina, eje principal del llamado dieselpunk, ciencia ficción ucrónica situada entre la Gran Guerra y la Segunda Guerra Mundial, ambas incluidas. También es la fecha en la que murió Eduardo VII de la Casa de Sajonia-Coburgo-Gotha, renombrada como Casa de Windsor por su hijo Jorge V en 1917 para ocultar su origen alemán en plena Gran Guerra.

Si el steampunk recibe el subtítulo de fantasías victorianas, se debe a que la mayoría del imaginario se sitúa entre 1837 y 1901, la época en que gobernó Alexandrina Victoria de Hannover (1819-1901), monarca del Reino Unido de Gran Bretaña e Irlanda y emperatriz de la India, durante uno de los periodos de desarrollo industrial y tecnológico más fértiles de la historia de la humanidad, con todo lo bueno y todo lo malo que eso significó. También fue la época en que comenzaría a hacerse popular la llamada ciencia especulativa, sobre todo con los genios literarios de Julio Verne y H. G. Wells.

El steampunk se puede dividir en varias clases. No hace falta que sea únicamente tecnológico, pero tiene que estar vinculado a la ciencia ficción o a la fantasía de alguna manera. Para comenzar, tenemos el clockpunk, steampunk de engranajes, autómatas imposibles y mecanismos de relojería. Los engranajes y la maquinaria son lo primero que nos viene a la cabeza cuando pensamos en steampunk, aparte de la moda victoriana, por supuesto. El boilerpunk, o punk de las calderas, prefiere investigar la parte más política de la época, con enfrentamientos entre pobres obreros y ricos burgueses. Este estudio de clases también está presente en el man-nerspunk, steampunk costumbrista al estilo de grandes series de televisión británicas como *Arriba y abajo* (1971-1975) o la conocida *Downton Abbey* (2010-2015). Para acabar tenemos el gaslight romance, que bien podría ser la versión más pura de la expresión fantasía victoriana, y el raygun gothic, fantasía art déco pulp de ciencia ficción. Aunque esta última estaría más centrada en la imaginaria del periodo de entreguerras cercana al dieselpunk.

Personalmente, mi primer contacto y fascinación con el steampunk no fue literario, sino cinematográfico. Con once años me llevaron a ver al cine la película de Barry Levinson *El secreto de la pirámide* (1985), cuyo título original norteamericano es *Young Sherlock Holmes*. La estética victoriana tan cuidada unida a la figura del gran detective y un misterio de corte fantástico con mad doctor, o mad professor, incluido, hizo que mi imaginación volara durante meses. Allí me volví un fanático del personaje creado por Arthur Conan Doyle y por la ciencia especulativa decimonónica. No tardarían en caer en mis manos los primeros libros de Verne y Wells, dejándome enganchado para siempre. El steampunk ha colonizado la imaginación de la literatura fantástica desde finales del siglo XX convirtiéndose en un movimiento contracultural llegando a las grandes superproducciones de Hollywood, el cómic o los videojuegos. Le invitamos a volver al pasado con olor a vapor, tecnología imposible, corsés, gafas decimonónicas de ferroviario y mucha diversión.

HISTORIA DEL STEAMPUNK

« **A**djunto una copia de mi novela de 1979 *Morlock Night*; apreciaré que le llegue a Faren Miller, como primera evidencia sobre el interesante debate sobre quién dentro del "triunvirato de la fantasía formado por Powers/Blaylock/Jeter" escribió primero sobre este "extraño estilo histórico". Aunque, por supuesto, encontré su reseña en el *Locus* de marzo muy halagadora. Personalmente, creo que las fantasías victorianas serán el siguiente bombazo, siempre y cuando podamos encontrar un término adecuado que nos englobe a Powers, Blaylock y a mí mismo. Algo basado en la tecnología apropiada de la época, como "steampunk", tal vez…».

Ésta fue la carta que el escritor californiano K.W. Jeter envió a la revista *Locus Magazine* en 1987 tras un artículo de Faren Miller sobre la nueva moda de novelas de ciencia ficción victorianas que estaban publicando el propio Jeter, James P. Blaylock y Tim Powers, escritores de género que vivían en California y eran amigos de uno de los maestros de la ciencia ficción, Philip K. Dick. No dejaba de ser una carta jocosa, demostrando que, en realidad, él fue el primero, por eso adjunta su novela de 1979, desconocida para la periodista. También fue divertida la elección del término. Tanto Jeter, como Blaylock y Powers, habían escrito relatos durante la primera ola del cyberpunk, término puesto de moda en 1984 por el escritor Gardner Dozois para referirse a la literatura de William Gibson, Bruce Sterling o John Shirley desde principios de los ochenta. Jeter jugó con el término *cyberpunk* juntándolo con *steam*, vapor.

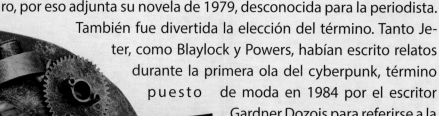

Según Antonio Sancho Villar en su trabajo de fin de máster *Entre el steampunk y el hibridismo: Danza de tinieblas, de Eduardo Vaquerizo*, el steampunk «es, cronológicamente, uno de los subgéneros más jóvenes dentro de la ciencia ficción, y también uno de los más indefinidos en cuanto a su temática, a pesar de contar con una estética bien identificable. Esto lo ha llevado a hibridarse con otros subgéneros que lo precedieron, con otras narrativas proyectivas, como la maravillosa, y con otros de los llamados géneros populares, como el policíaco o el wéstern». Ese hibridismo lo podemos apreciar en las primeras novelas del triunvirato inicial del steampunk, donde se mezclan viajes en el tiempo, magia negra egipcia y extraterrestres. Todo es posible en las fantasías decimonónicas. Esta primera ola fue estrictamente literaria, aunque ya se habían tratado en la ficción audiovisual anteriormente con versiones cinematográficas de los libros de Wells o Verne o con producciones televisivas como *The Wild Wild West* (1965-1969), que mezclaba el mundo de los gadgets de series de espías como James Bond o *Misión: Imposible* con el antiguo oeste del presidente Ulysses S. Grant (1869-1877).

Otro dato interesante de esta primera ola literaria, aparte de su hibridismo, fue su poca verosimilitud científica. La tecnología retrofuturista narrada en estas historias estaba más cerca de la fantasía que de la ciencia ficción empírica clásica. Casi nada se explica. Eso permitió que la estética comenzara a dominar el relato, llegando hasta donde la imaginación del escritor quisiera. Como Rebecca Onion de la Universidad de Texas indicaba en su tesis *Reclaiming*

the Machine: An Introductory Look at Steampunk in Everyday Practice, el steampunk es «una estética multitextual que comenzó a formarse por primera vez a fines de la década de 1980, que imagina el mundo como era durante la era victoriana temprana, cuando la energía del vapor todavía alimentaba las máquinas. La estética steampunk se encontró inicialmente en la literatura de ficción, pero se ha trasladado al cine, las novelas gráficas, la música y las prácticas artesanales vernáculas». Ese salto de la estética a otros espacios culturales se puede apreciar en 1988 con el juego de rol *Space: 1889*, diseñado por Frank Chadwick, que se desarrolla en el espacio exterior durante la época victoriana.

LA SEGUNDA OLA DEL STEAMPUNK

Pero ya teníamos una extensa ficción steampunk en imagen, que influyó a muchos escritores de la segunda ola del steampunk y, claro, a la creciente y floreciente comunidad que nació en diversas convenciones de Estados Unidos y Europa. En 1995, Paul Di Filippo puso al steampunk en los índices bibliográficos con su libro *La trilogía steampunk*, el primero en poner la palabra en su título y marcarlo como definitivo años antes del *Steampunk Manifesto* del Profesor Calamity (2004), el ensayo de Bruce Sterling *The User's Guide To Steampunk* (2008) o el *Manifesto* de Jake von Slatt (2011).

La segunda ola del género nació alrededor de 2006. Según Scott P. Marler para Historians.org, esta segunda ola es mucho más interesante porque inició un resurgimiento de una auténtica comunidad contracultural. La fecha de 2006 no es baladí, es el año en que aparece el iPhone, el primero de una tecnología —el móvil— ahora omnipresente que tipifica la naturaleza opaca, inaccesible y despersonalizada de las tecnologías de consumo actuales. Este rechazo a la moderna tecnología y el amor estético por la antigua convirtió «el athos artesanal en la columna vertebral del movimiento actual. Mucho más que un género de nicho de la ciencia ficción, el steampunk es ahora una cultura decididamente material. Su moda se hace eco de los herederos del romanticismo de finales del siglo XIX, los estetas dandis poco convencionales personificados por Oscar Wilde (un socialista que una vez bromeó diciendo que "el único deber que le debemos a la historia es reescribirla"). El cosplay autodiseñado y la creación corolaria de personajes steampunk constituyen el núcleo de la naturaleza performativa de la subcultura». Esta relación entre el cosplay victoriano y la imaginación del steampunk ha convertido al género en una celebración artística personal, donde el fan viaja de convención en convención para mostrar sus mejores galas creadas con mimo a lo largo del año.

Entre 2004 y 2009 se celebró en Raleigh, Carolina del Norte, el Eccentrik Festival, un festival anual de música gótica e industrial de tres días de duración. En 2008, el festival invitó a algunos músicos del género steampunk, contando

con la ayuda de las hermanas Davenport del programa de radio *The Clockwork Cabaret*. Reinterpretar la música victoriana en clave retrofuturista es uno de los grandes aciertos del género, que no sólo ha mutado de la literatura y el cine a la contracultura y el cosplay, sino que también ha encontrado un buen caldo de cultivo en la música. Actualmente no existe casi ninguna convención steampunk que no tenga su escenario para conciertos. Convenciones como las desaparecidas Steampunk World's Fair de Nueva Jersey (2010-2012) o la Steamcon de Seattle (2009-2013). Pero continúa vivo el clásico Weekend at The Asylum (2009), que se celebra en Lincoln, Inglaterra, con el título de Asylum Steampunk Festival, el festival steampunk más grande y de mayor duración en el Sistema Solar que atrae a participantes de todo el mundo; y también la International Steampunk City de Nueva Jersey, fundada en 2011; o la Watch City Steampunk (2010) de Waltham, Massachusetts. En Europa también son legión los eventos llamados Eurosteamcon organizados por el alemán Marcus R. Gilman, de verdadero nombre Marcus Rauchfuß, que han triunfado mucho en la geografía española. Aunque la pandemia de la COVID-19 ha dejado lastrados a muchos de estos festivales, como ha ocurrido con muchas convenciones y eventos culturales que no han vuelto en 2021 y 2022.

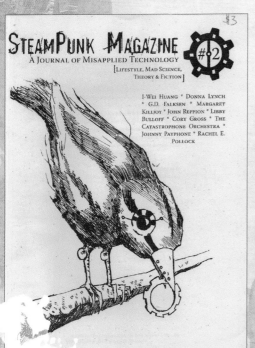

En marzo de 2007 también nace la *SteamPunk Magazine*, una revista semestral de internet dedicada a la subcultura steampunk con editores como Magpie Killjoy y Libby Bulloff, quienes presentaron el fanzine en la feria de creadores de San Mateo Maker Faire. Su lema era «Volviendo a poner el punk en el Steampunk» y lanzaban proclamas muy efectivas como «colonizar el pasado para que podamos soñar el futuro», algo que tiene mucha relación con ideas como las del historiador Hayden White quien afirmaba que, en condiciones posmodernas, «un pasado virtual es lo mejor que podemos esperar». *SteamPunk Magazine* cerró en enero 2016 con su décimo número, pero todavía podemos encontrar por la red algunos de sus muchos e interesantes artículos con licencia creative commons.

Pero si ha habido un país que se volvió loco con el steampunk y lo ha absorbido en sus videojuegos, cómics, libros y películas de animación, ése es Japón. La palabra *hibridación* adquiere un carácter infinito cuando los artistas japoneses comenzaron a recrear el steampunk. No sólo lo incorporaron en su comunidad cosplayer con la intensidad que el japonés vive la subcultura, sino que lo acercaron a la comunidad gamer con videojuegos tan exitosos como Final Fantasy. Si el steampunk japonés fue una invención del director Hayao Miyazaki en series como *Conan, el niño del futuro* (1978), *Sherlock Holmes* (1984-1986) o películas como *El castillo en el cielo* (1986), los creadores de Square Enix lanzaron la estética steampunk al infinito y más allá gracias a juegos como *Final Fantasy VI* (1994).

AQUELLOS CHALADOS CON SUS LOCOS CACHARROS

En el año 2009, el Museo de la Historia de la Ciencia de Oxford organizó una exposición sobre artilugios steampunk que llegó a tener más de ochenta mil visitantes en el mes que estuvo abierta. El mismo museo reconoce que fue una de las exposiciones más exitosas que han montado hasta la fecha. Como ya hemos explicado, la estética steampunk es muy artística, y más allá de cosplayers o artistas visuales, el movimiento ha creado una escuela de esculturas, objetos usuales de consumo o cachivaches decimonónicos que han cautivado la imaginación de muchos artistas —como los relojes steampunk del japonés Haruo Suekichi y la tienda de relojes de lujo Vianney Halter, con sus diseños imposibles basados en la edad de oro de la aviación o los primeros coches de principios del siglo XX—. También se hicieron muy famosas las máscaras del artista del cuero Tom Banwell, quien se retiró tras pasarse un año entero fabricando cientos de máscaras de médico de la peste por la pandemia de la COVID-19. Ahora el negocio lo lleva su hijo Erin. El oriundo de Pensilvania Thomas Dean Willeford V es un escritor, artista y creador cuyo personaje en la subcultura del cosplay es Lord Archibald 'Feathers' Featherstone. Sus diseños textiles llenos de adornos y engranajes son verdaderas obras de arte. Muy famosa es la Casa del Árbol de Sean Orlando, miembro fundador del Kinetic Steam Works, aquellos entrañables chalados que fabricaron una máquina de vapor en funcionamiento que exhibieron

en el gran festival de arte Burning Man. También son famosos por internet los portátiles decimonónicos llenos de mecanismos de relojería del húngaro Zoltán 'Zackary' Vörös y del norteamericano Datamancer, o el ordenador victoriano de Jake von Slatt.

Pero si existe un campo en el que los artistas steam han desarrollado más su arte, ése es el del arte cinético. A fin de cuentas, no es steampunk si no hay engranajes en movimiento. Aquí podemos encontrar los juguetes imposibles del belga Stephane Halleux, los motores Stirling de Jos de Vink, los animales mecánicos del artista siberiano Ígor Shevchenko o de Vladímir Gvozdev, las máquinas imposibles del bostoniano Bruce Rosenbaum, el arte cinético industrial del norteamericano Chris Cole, las maquetas de máquinas voladoras de Ken Draim, los mecanos com-

plejos del pensilvano David Bowmen, los gigantes en movimiento del italiano Walter Rossi o las lámparas de otro mundo de Will Rockwell y Art Donovan. También es famosa la joyería de estética steampunk, donde destacan los anillos inspirados en el boilerpunk de Kenneth MacBain. Pero si hay una construcción famosa en todo el mundo es el Forevertron Park de Prairie du Sac en Wisconsin diseñado por el Dr. Evermor, título steam de Tom Every. Es como estar en un lugar mágico anclado en una época victoriana imposible y surrealista.

CONTRACULTURA: EL PUNK DEL STEAMPUNK

Según el diccionario de la RAE, la contracultura es aquel movimiento social que rechaza los valores, modos de vida y cultura dominantes. Si algo han tenido en común muchas propuestas contraculturales anteriores a la democratización o masificación de los medios de comunicación y las redes sociales es que concebían la ciencia y la tecnología como uno de los problemas intrínsecos al capitalismo desde los años sesenta del siglo XX. El movimiento jipi, punk y cualquier otro movimiento contracultural rechazan el *statu quo* identificando la masiva tecnificación de la sociedad como un mal.

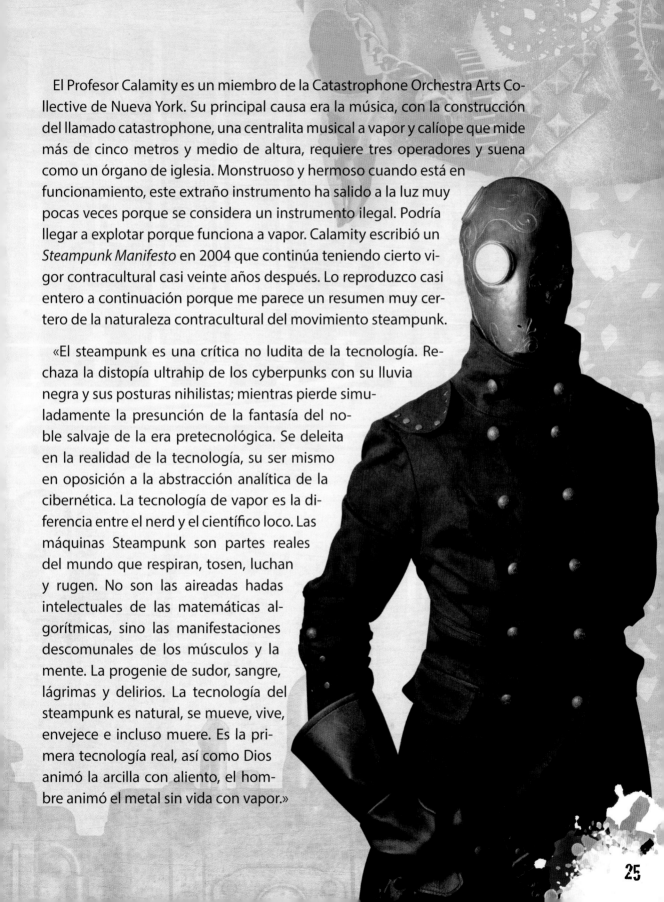

El Profesor Calamity es un miembro de la Catastrophone Orchestra Arts Collective de Nueva York. Su principal causa era la música, con la construcción del llamado catastrophone, una centralita musical a vapor y calíope que mide más de cinco metros y medio de altura, requiere tres operadores y suena como un órgano de iglesia. Monstruoso y hermoso cuando está en funcionamiento, este extraño instrumento ha salido a la luz muy pocas veces porque se considera un instrumento ilegal. Podría llegar a explotar porque funciona a vapor. Calamity escribió un *Steampunk Manifesto* en 2004 que continúa teniendo cierto vigor contracultural casi veinte años después. Lo reproduzco casi entero a continuación porque me parece un resumen muy certero de la naturaleza contracultural del movimiento steampunk.

«El steampunk es una crítica no ludita de la tecnología. Rechaza la distopía ultrahip de los cyberpunks con su lluvia negra y sus posturas nihilistas; mientras pierde simuladamente la presunción de la fantasía del noble salvaje de la era pretecnológica. Se deleita en la realidad de la tecnología, su ser mismo en oposición a la abstracción analítica de la cibernética. La tecnología de vapor es la diferencia entre el nerd y el científico loco. Las máquinas Steampunk son partes reales del mundo que respiran, tosen, luchan y rugen. No son las aireadas hadas intelectuales de las matemáticas algorítmicas, sino las manifestaciones descomunales de los músculos y la mente. La progenie de sudor, sangre, lágrimas y delirios. La tecnología del steampunk es natural, se mueve, vive, envejece e incluso muere. Es la primera tecnología real, así como Dios animó la arcilla con aliento, el hombre animó el metal sin vida con vapor.»

«El steampunk auténtico no es un movimiento artístico sino un movimiento tecnológico estético. La máquina se ha liberado de la eficiencia y ha sido diseñada por el deseo y los sueños. La elegancia de la ingeniería óptima se reemplaza con la ornamentación necesaria de la verdadera función. La imperfección, el caos, el azar y la obsolescencia no deben verse como defectos, sino como formas de permitir la liberación espontánea de la perfección predecible. La fábrica de la conciencia es derrocada por la hermosa entropía. Steampunk crea una paradoja perfecta entre lo práctico y lo imaginativo. Expande los horizontes tanto del arte como de la tecnología al liberarse del control maníaco de las finalidades del hombre. La tecnología Steampunk no es ni esclavo ni amo, sino socio en la exploración de territorios desconocidos tanto del arte como de la ciencia.»

«El steampunk rechaza la política empapada de nostalgia miope tan común entre las llamadas culturas alternativas. La nuestra no es la cultura del neovictorianismo y la etiqueta estupefaciente. Una huida a los clubs de caballeros y al dictado clasista. Es el hada verde del delirio y la pasión desatada de su botella, estirada sobre los resplandecientes engranajes de nuestra rabia. Buscamos inspiración en los callejones repletos de smog del Imperio sin anochecer de Victoria. Encontramos solidaridad e inspiración con los bombarderos locos con puños manchados de tinta, con mujeres que dan látigos que no ceden ante nadie, con los deshollinadores tosiendo que han escapado de los techos y se han unido al circo, y con los amotinados que se han vuelto nativos y han entregado las herramientas de los maestros a los más preparados para usarlas. Estamos inflamados por los trabajadores portuarios de Doglands cuando incendiaron el Prince Albert's Hall y apasionados por los oscuros rituales de la Ordo Templi Orientis. Estamos con los triadores del pasado mientras tramamos traiciones imposibles contra nuestro presente». El *Steampunk Manifesto* del Profesor Calamity abarca política, estética, cultura y movimientos sociales dándole la vuelta completamente al sentir victoriano en el que se inspira acercándose a una contracultura de finales del siglo XX con sus raíces en el principio del siglo XXI.

El inventor Jake von Slatt fue un poco más allá en su *Manifesto* de 2011, centrando su discurso en la parte más «do it yourself» del movimiento. En la parte más punk, irónicamente. Como fabricante e inventor inspirado en el retrofuturismo, enfoca el problema en la sociedad tecnológica de consumo de principios del siglo XXI. «¿Qué haces cuando no te prometen más futuro más allá de la próxima conferencia de Steve Jobs o tras la película taquillera del verano? ¿Qué haces cuando tu presente consiste en ir a tu trabajo, pagar los impuestos y tratar de llegar a final de mes? Nuestra sociedad te hace agachar la cabeza, trabajar un poco más y con más esfuerzo, para quizá poder encargar una televisión de plasma (cincuenta pulgadas, HDTV) en Amazon. Los steampunks rehúyen el consumismo de la cultura popular. Deliberadamente reducen a lo mínimo (en lo material) sus vidas escogiendo poseer un par de cosas de calidad más que armarios llenos de bienes producidos en masa. También salen a la búsqueda de aquella tecnología vintage o cosas antiguas como máquinas de coser para adquirirlas para su uso diario, en la creencia de que sólo las máquinas del pasado tenían la durabilidad más allá de la vida de sus propietarios originales». Como resume Rebecca Onion en *Reclaiming the*

Machine: An Introductory Look at Steampunk in Everyday Practice, «el steampunk busca restaurar la coherencia en un mundo mecánico y único percibido como perdido».

Por último, uno de los autores de uno de los libros más influyentes del movimiento, Bruce Sterling, escribió en 2008 *The User's Guide To Steampunk* que continúa investigando entre ese enfrentamiento steampunk versus neoliberalismo actual. «Somos una sociedad tecnológica. Cuando jugamos, a nuestra manera astuta, gótica y saqueadora de tumbas, con tecnologías arcaicas y eclipsadas, nos estamos preparando en secreto para la muerte de nuestra propia tecnología. Steampunk es popular ahora porque la gente se está dando cuenta inconscientemente de que la forma en que vivimos ya ha muerto. Somos sonámbulos. Estamos gobernados por magnates de los fósiles rapaces, dogmáticos y fuertemente armados que nos roban y nos obligan a vivir como cadáveres. Steampunk es una forma bonita de hacer frente a esta verdad». Una última frase que adquiere un tono profético en la actualidad con la crisis energética derivada de la invasión de Ucrania por Rusia. Igual que Verne, Wells y muchos de sus contemporáneos intentaron avisar a los lectores sobre el peligro de la tecnología desmesurada con distopías imposibles, los autores, creadores y artistas steampunk actuales reflejan problemas sociales, políticos y morales del individuo moderno del siglo XXI disfrazada de una estética atractiva retrofuturista. El steampunk, en definitiva, se convierte en un género idóneo para tratar temas como la injusticia social, la superpoblación, la destrucción del medio ambiente, el crecimiento económico descontrolado, la deshumanización de la vida diaria por culpa de la tecnología o la excesiva mecanización de la guerra.

PROTOSTEAMPUNK LITERARIO HASTA 1987

LOS ALBORES DE LA CIENCIA FICCIÓN EN EL SIGLO XIX

Como ya hemos indicado en los primeros capítulos de este libro, el steampunk es un ejercicio de retrofuturismo, uno muy marcado por una época y una estética acotadas en el tiempo. En 1979, cuando se publicó *Morlock Nights* de K. W. Jeter, incluso antes, cuando Michael Moorcock publicó *The Warlord of the Air* en 1971, no se inventó un género nuevo. Eran autores influidos por las lecturas de dos grandes escritores de ciencia ficción de finales del siglo XIX y principios del XX: el francés Julio Verne (1828-1905) y el británico H. G. Wells (1866-1946). De hecho, sólo en la literatura de estos dos maestros literarios tendríamos el germen del ochenta por ciento de la ciencia ficción que conocemos hoy en día.

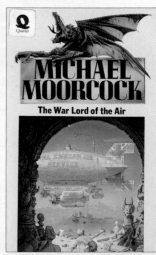

Llamar a las obras de ciencia especulativa de la época victoriana como proto steampunk es un ejercicio demasiado arriesgado... una pequeña broma literaria. Recordemos que el steampunk debe ser divertido, así que espero que no se pongan demasiado puristas. Pero es cierto que los arquetipos actuales del género, entre 1987 y la segunda década del siglo XXI, se cimentan sobre los libros y aventuras que muchos escritores nos legaron hace más de un siglo. Muchas son las obras que han influido en generaciones de autores y artistas steampunk. Aquí tenemos unos cuantos.

EL AUGE DE LA NOVELA SATÍRICA DE VIAJES

Aunque Julio Verne es más recordado por sus avances tecnológicos en sus libros, su colección de novelas tenía el título de *Viajes Extraordinarios*. La literatura de viajes exóticos y aventuras es uno de los tropos indivisibles del canon steampunk. *Los viajes de Gulliver* (1726), del escritor irlandés Jonathan Swift (1667-1745) es una sátira y una crítica mordaz a los libros de viajes por tierras misteriosas que tanta fama tenían en el siglo XVIII. Lo que Swift inventó como una comedia fantástica se convirtió en toda una influencia para escritores posteriores. Gulliver no sólo viaja a la tierra de seres diminutos, Liliput, y la tierra de los gigantes, Brobdingnag, también viaja a seis lugares fantásticos más, como Japón, donde se encuentra el país flotante de Laputa, una de las mayores influencias en la fantasía y en el steampunk sobre ciudades o tierras flotando en el aire.

Tampoco es victoriano, ni británico, pero sí escrito en lengua inglesa, *Narración de los maravillosos viajes y campañas del barón Münchhausen en Rusia*, inspiradas en las aventuras «reales» del noble alemán Karl Friedrich Hieronymus, barón de Münchhausen. Publicado en 1781 por un autor anónimo y traducido al inglés en 1785 por Rudolf Erich Raspe, de quien se sospecha que fue el autor original del primer libreto, esta novela contiene el mismo espíritu de lo asombroso y lo satírico del *Gulliver* de Swift. Su parte más influyente es la del supergrupo de lacayos que acompañan al barón: Gustavus, dueño de un oído finísimo; Albrecht, un hombre muy fuerte; Berthold, un corredor rapidísimo que necesita grilletes para andar de forma normal; y Adolphus, capaz de ver más lejos que cualquier catalejo de la época. En *Las sorprendentes aventuras del barón Münchhausen* vemos el nacimiento del supergrupo o de grupo con habilidades mejoradas que emprenden una aventura, tan influyente en la fantasía, el rol, el cómic de superhéroes o el mismo steampunk.

EL MONSTRUO ELÉCTRICO

En 1818 ve la luz la primera edición de la considerada por muchos críticos la primera novela de la historia de la ciencia ficción, *Frankenstein, o el moderno Prometeo*. También es una de las piedras angulares del steampunk al tratar uno de los temas más recurrentes en el género: el científico que se cree Dios, figura que ha derivado en el clásico mad doctor. Escrito por Mary Shelley (1797-1851), Mary Wollstonecraft Godwin de soltera, *Frankenstein* trata la moralidad científica y la creación de vida. Aunque se trate de una novela romántica, el relato de Shelley es un clásico de la literatura y uno de los mejores libros del siglo XIX, con tantas capas de lectura (paternidad o divinidad) como el lector quiera encontrar. Fue uno de los primeros libros que introdujo las más modernas investigaciones tecnológicas de la época, como la electricidad y los experimentos galvánicos de científicos como Luigi Galvani y Erasmus Darwin. Y nos legó la tragedia de la criatura sin nombre que se convierte en un monstruo para todo el mundo, un arquetipo literario que ha influido en el terror, la ciencia ficción y, por supuesto, el steampunk.

VIAJES EXTRAORDINARIOS

Quién nos iba a decir que uno de los escritores más influyentes de la literatura gótica y de terror se convertiría en uno de los más influyentes de la literatura de aventuras y ciencia especulativa. En 1835 se publicó *La incomparable aventura de un tal Hans Pfaall*, un cuento corto que narra cómo un holandés remendador de fuelles quiere emprender una gran aventura huyendo de su matrimonio y sus acreedores. Pfaall construye un globo y viaja a la Luna, donde se encuentra con formas de vida inteligentes. Este relato

sería utilizado el mismo año por el diario de Nueva York *The Sun* y el periodista Richard Adams Locke para crear un falso viaje a la Luna emprendido por el astrónomo real sir John Herschel. Evidentemente, este artículo se convirtió en uno de los más famosos de la época y llegó a salir nombrado hasta en *Viaje a la Luna* de Julio Verne. Pero Edgar Allan Poe (1809-1849), autor del cuento de *Hans Pfaall* no acabó muy contento con el plagio. El diario *The Sun* le dejó publicar en 1844 su propia versión por capítulos de lo que sería un buen engaño periodístico de la alta literatura. *The Balloon-Hoax* o el *Camelo del globo*, narra la «verdadera historia» del viaje en globo aerostático de tres días del explorador europeo Monck Mason a través del océano Atlántico. Este pequeño bulo, paparrucha o fake new, como decimos ahora, tuvo un éxito arrollador para Poe y el diario *The Sun*, dando la vuelta al mundo. Julio Verne (1828-1905), gran admirador de Poe, se inspiró en él para *Cinco semanas en globo*, su primera novela de su larga serie de *Viajes extraordinarios*.

Muchos críticos y estudiosos del escritor de Nantes siempre han afirmado que se ha leído muy mal a Verne a lo largo de la historia. Para muchos, es el padre de la ciencia ficción y el máximo exponente literario de la ciencia especulativa del siglo XIX, pero de las 62 novelas que conforman la serie *Viajes extraordinarios*, 54 publicadas en vida, y ocho después de su fallecimiento y adaptadas por su hijo Michael Verne, no llegan ni a veinte las más cercanas a la ciencia ficción. Es cierto que usó mejoras muy modernas para su tiempo como el globo aerostático, las avanzadas exploraciones geográficas, la cartografía o el transatlántico, incluso vehículos como el submarino ya se habían inventado en 1860 o 1864 por españoles como Cosme García o Narcís Monturiol, pero sus novelas más fascinantes siguen siendo aquellas que hicieron soñar al siglo XIX con un futuro brillante que se convirtieron en el primer combustible de la imaginaria a vapor del steampunk.

El hombre pudo visitar nuestro satélite con el Gun Club protagonista en *De la Tierra a la luna* (1865), *Viaje alrededor de la luna* (1870) o el menos conocido *El secreto de Maston* (1889); viajar a las estrellas en una parte de Europa arrancada por un cometa en *Héctor Servadac* (1877); recorrer los mares por debajo del agua en *Veinte mil leguas de viaje submarino* (1869) y *La isla misteriosa* (1874), o por encima con una increíble isla flotante, *La isla de hélice* (1895); volar a bordo de una nave increíble comandada por un loco en *Robur el conquistador* (1886) y *Dueño del mundo* (1904); viajar por la India en un gran vehículo a vapor con forma de elefante en *La casa de vapor* (1880); comprender el peligro de la tecnología en la carrera armamentística con *Los quinientos millones de la Begún* (1879) y *Ante la bandera* (1896) o volverse invisible, *El secreto de Wilhelm Storitz* (1910)... aunque eso ya lo había contado H. G. Wells en 1897. Los libros de Verne son la materia de la que están hechos los sueños steampunk.

EL TRIUNFO DE LA BARATA EDISONADA

El estadounidense Edward Sylvester Ellis (1840-1916) publicó la primera novela de diez centavos de la ciencia ficción norteamericana en 1868. *The Steam Man of the Prairies*, algo así como *El hombre de vapor de las praderas*, nos narra las aventuras de un adolescente genio, Johnny Brainerd, que construye un autómata que funciona a vapor arrastrando el carruaje donde el pequeño inventor vive sus aventuras. En 1993, el crítico John Clute se inventó el término *edisonada* en *The Encyclopedia of Science Friction* para referirse a las historias ficticias sobre un joven inventor brillante y sus locos cacharros que se dieron, sobre todo, gracias al éxito de la revolución tecnológica de Thomas Edison, de donde proviene el nombre.

En abril de 1876, Harry Enton plagiaría el éxito de Edward Ellis bajo el título de *Frank Reade and His Steam Man of the Plains*, serie que se publicaría en la revista juvenil *Boys of New York*. Comienza aquí una larga colección de novelas cortas y baratas protagonizadas por Frank Reade. Pero sería su hijo, Frank Reade Jr, quien se convertiría en el protagonista de una colección que no ha parado de publicarse, llegando hasta 2011. Los inventos de padre e hijo incluyen vehículos terrestres y robots eléctricos o de vapor, sumergibles, helicópteros y cientos de naves del estilo dirigible-globo.

Uno de los máximos exponentes de escritores de diez centavos fue el cubano-norteamericano Luis Philip Senarens (1863-1939), quien fue llamado con motivo publicitario «el Julio Verne americano». Tras seguir la estela del *Frank Reade de Harry Enton*, se inventó a su hijo con *Frank Reade, Jr., and His Airship* (1884), iniciando una larga lista de inventos imposibles como un delfín eléctrico. Llegó a escribir más de trescientos cuentos de ciencia especulativa, adelantándose a los escritores pulp de las décadas de 1920 y 1930. Para ello utilizó muchos seudónimos como Kit Clyde, WJ Earle, Police Captain Howard, Noname o Ned Sparling.

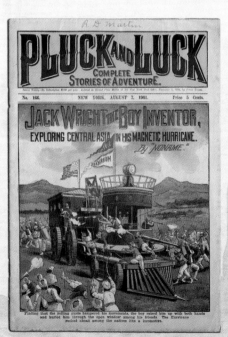
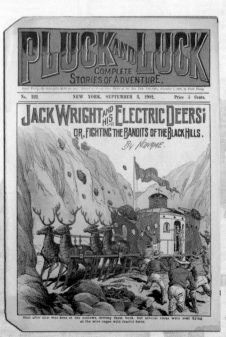

La edisonada no perdería fuelle tras 1910, convirtiéndose en material pulp para revistas baratas con inventos dignos de Flash Gordon. Una de las sagas más famosas fue la de *Tom Swift*, otro joven inventor que se adelantó años a algunos inventos, pero su historia pertenece a la generación del dieselpunk y no del steampunk.

WE ARE THE ROBOTS

El diario neoyorquino *The Sun* vuelve a tener un lugar de honor en esta historia de la ciencia especulativa victoriana al tratarse de la casa del periodista y escritor —que llegó a ser editor del periódico en 1897— Edward Page Mitchell (1852–1927), una de las figuras clave de la historia de la ciencia ficción, siempre bajo la alargada sombra de H. G. Wells. Mitchell escribió sobre hombres invisibles dieciséis años antes que Wells, *The Crystal Man* (1881), pero también elucubró sobre viajes temporales catorce años antes que *La máquina del tiempo* con *The Clock that Went Backward* (1881).

Siempre publicados en *The Sun*, los cuentos cortos de Mitchell eran analíticos y muy periodísticos, alejados de la prosa excelsa de Wells, pero en ellos podemos descubrir a una sociedad de finales de siglo XIX con miedo al constante cambio tecnológico que estaban ocurriendo gracias a los inventos de Edison, a medio camino entre el asombro y la fascinación. Mitchell nos habló de viajes más rápidos que la velocidad de la luz, *The Tachypomp* (1879), o teletransporte, *The Man without a Body* (1877), pero quizá sea más recordado por incluir una inteligencia artificial en una protocomputadora y un cyborg en *The Ablest Man in the World* (1879).

Otro autor que también innovó en materia robótica años antes de las tres leyes robóticas de Isaac Asimov fue el escritor simbolista francés Jean-Marie-Mathias-Philippe-Auguste, conde de Villiers de l'Isle-Adam (1838-1889), quien firmaba sus trabajos fantásticos y dramáticos como Auguste de Villiers. El autor escribiría una excelente colección de historias de terror titulada *Contes cruels* (1883), pero si se ha hecho indispensable para la historia de la ciencia ficción, en general, y el steampunk, en particular, es por la creación de la palabra *androide*. *La Eva futura* (1886) puede ser considerada una novela increíblemente misógina o como un hito de la literatura de la decadencia. En esta obra, un ficticio inventor llamado Thomas Edison inventa para su amigo lord Ewald una mujer mecánica igual que su bella amada Alicia Clary porque ésta no tiene ni personalidad ni intelecto. Todo el libro es una oda a la tecnología y la ciencia como sustituto del amor tanto a Dios como al ser humano. La frialdad de la máquina se puede resumir con una frase del libro: «Si nuestros dioses y esperanzas no son más que fenómenos científicos, entonces nuestro amor también es científico».

INFLUENCIAS INESPERADAS

Sir Arthur Conan Doyle (1859-1930) no escribió ninguna novela de ciencia ficción en su larga vida. Sí que se acercó a la fantasía de Verne con un viaje extraordinario muy influyente para diversos géneros como la aventura, el terror o la ciencia especulativa. *El mundo perdido* (1912) trataba sobre una expedición a una meseta sudamericana donde todavía sobreviven animales prehistóricos, aunque Conan Doyle dedicó más tiempo a narrar las interacciones del grupo de arqueólogos con homínidos violentos. *The Lost World* provocó un interés en la paleontología en la época y podríamos afirmar que sin esta obra no existiría *Jurassic Park* ni la aparición de muchos steampunk con dinosaurios.

Pero la gran aportación del médico y escritor escocés, con permiso del Chevalier Auguste Dupin de Edgar Allan Poe creado en *Los crímenes de la Calle Morgue* (1841), fue el arquetipo del gran detective analítico. Aunque Sherlock Holmes no contenga ni una sola historia basada en inventos tecnológicos avanzados a su tiempo, su capacidad deductiva y sus enfrentamientos con el doctor Moriarty han inspirado muchas fantasías victorianas desde que se creó el término *steampunk*. Desde que los derechos de Holmes quedaron libres, muchas han sido las ficciones literarias, televisivas o cinematográficas que han cimentado el mito de héroe steampunk, influyendo en otros personajes similares perpetuando el arquetipo del detective.

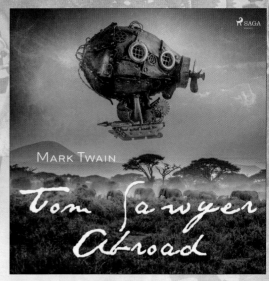

Samuel Clemens (1835-1910), más conocido como Mark Twain, fue uno de los padres de la literatura norteamericana y una de las primeras grandes figuras literarias de éxito reconocida en todo el mundo mientras estaba vivo. No coqueteó con el steampunk, pero sí que nos entregó dos historias en las que jugaba con la ciencia especulativa de Verne y Wells. La primera es *Un yanqui en la corte del rey Arturo* (1889), en la que un yanqui de Connecticut, como indica su título original, acaba en la Inglaterra medieval del rey Arturo compartiendo la tecnología del siglo XIX y convirtiendo Camelot en un castillo con electricidad. Aunque se trate de una novela satírica, no deja de tener cierta influencia como un ejercicio de retroretrofuturismo, de steampunk aplicado a sociedades medievales. Aunque Twain también tuvo tiempo de reírse de Julio Verne con *Tom Sawyer Abroad* (1894), publicada en castellano como *Tom Sawyer en el extranjero*. Narrada por Huckleberry Finn, éste y el travieso Sawyer se embarcan en un dirigible futurista para viajar por toda África visitando las maravillas de ese continente como las grandes pirámides. Clemens no perdió la oportunidad de hacernos reír donde Verne nos provocaba maravillas.

Como el monstruo de Frankenstein, el doctor Jekyll y su airado socio el señor Hyde han dado lugar a uno de los grandes arquetipos de la ficción de misterio y terror. El arquetipo del brillante científico que no puede controlar su intento de separar la parte buena de la mala del alma humana. La novela corta *El extraño caso del doctor Jekyll y el señor Hyde* (1886) de Robert Louis Stevenson (1850-1894) es una de las obras maestras de la literatura victoriana porque refleja como ninguna otra novela la psicología social de la época desde una óptica científica de género: las grandes diferencias y cisma entre las divisiones sociales de clase de una sociedad bastante mojigata y cerrada. Aunque Hyde sea una mala persona, los científicos de la época aplicaban conjeturas desde el darwinismo social afirmando que los problemas psicológicos, el alcoholismo o la homosexualidad eran taras biológicas de la moral humana. La literatura victoriana señaló sus monstruos muy rápidamente y demasiado a la ligera, diferenciando entre lo bueno y lo malo de manera estricta. Al tratarse de un revisionismo moderno, la literatura steampunk ha tratado esta dualidad moral y social que se puede detectar en muchas fantasías victorianas de la época.

EL PADRE DE LA CIENCIA FICCIÓN

El británico Herbert George Wells (1866-1946) es conocido como el padre de la ciencia ficción junto a Julio Verne y Hugo Gernsback, fundador en 1913 de la influyente publicación literaria *Amazing Stories*. Wells es recordado, sobre todo, por sus relatos de ciencia especulativa, aunque era un escritor prolífico que practicó el periodismo, la crítica social, la sátira o las biografías. Su vida cambió en 1895 con la publicación de *La máquina del tiempo*, una obra que cambiaría la historia de la literatura popular.

Si Verne estaba más interesado en la aventura y el viaje, aunque con la vejez y el avance de la industria armamentística su literatura se volvió más negativa y poco halagüeña con el futuro, Wells se dedicó a ser crítico con la sociedad con sus visiones futuristas. Donde Verne veía maravilla, Wells veía desazón. La época victoriana llegaba a su fin y la utopía tecnológica no había traído más prosperidad a la sociedad sino más desigualdad social. Los burgueses del carbón y el textil del siglo XIX eran la nueva nobleza que explotaba al pueblo. Wells supo explicar esto mejor que nadie en *La máquina del tiempo*: el eloi que sirve de alimento al morlock, incapaz de defenderse por educación social.

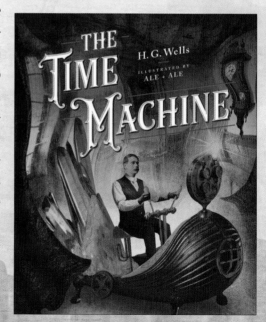

Wells fue un visionario con novelas como *La isla del doctor Moreau* (1896), otro arquetipo del mad doctor victoriano, *El hombre invisible* (1897), *La guerra de los mundos* (1898), *Los primeros hombres en la luna* (1901) o *El alimento de los dioses* (1904), obra que se adelantó cincuenta años a las películas de animales e insectos gigantes tan en boga en los cines estadounidenses de época de la Guerra Fría. Wells estuvo escribiendo y publicando hasta su muerte en 1946 viendo cómo dos guerras mundiales habían hecho realidad algunas de sus más negras visiones de futuro.

En la forja de la Unión Soviética también hubo un Wells, Aleksandr Malinovski (1873-1928), el verdadero nombre de Aleksandr Bogdánov, médico, filósofo y una de las figuras claves de la creación de la facción bolchevique en 1903 del Partido Obrero Socialdemócrata Ruso (1898), rival político de Vladímir Lenin hasta que fue expulsado del partido en 1909. Un año antes, en 1908, publicó una utopía socialista, *Estrella roja*, un libro en el que dos planetas, Marte y la Tierra, se enfrentan como dos naciones industrializadas socialistas o capitalistas. Bogdánov creó una delirante fantasía proto-steampunk con góndolas aéreas, videollamada, computadoras y armamento atómico.

STEAMPUNK ANTES DE LA CREACIÓN DEL TÉRMINO

Aunque no se trate de una fantasía victoriana, el artista y poeta británico Mervyn Laurence Peake (1911-1968) publicó en 1946 *Titus Groan*, a la que le seguirán *Gormenghast* (1950) y, sobre todo, *Titus Alone* (1959). Más cercana al fantástico surrealista que a la ciencia ficción, la trilogía Gormenghast se centra en la vida de un castillo inmenso llamado *Gormenghast* donde viven los Groan, una familia de nobles decadentes en la que destaca Titus, el protagonista de las novelas. Cercana a la literatura gótica romántica victoriana por la descripción de espacios y la estructura social entre la familia y los sirvientes del castillo, se considera uno de los primeros ejemplos de mannerspunk, steampunk costumbrista y es bastante influyente en ese aspecto. Las cosas se acercan más al género steam puro con su último capítulo, *Titus Alone*, donde el protagonista puede salir de las asfixiantes murallas del castillo para llegar a una ciudad futurista de tecnología avanzada y científicos que llevan a cabo siniestros experimentos.

El londinense Michael Moorcock (1939) ya era un grande de la fantasía y la ciencia ficción con la creación de personajes como Elric de Melniboné, Jerry Cornelius o Dorian Hawkmoon cuando publicó en 1971 *The Warlord of the Air*, una novela donde seguíamos a Oswald Bastable, un soldado de principio de siglo XX de un universo alternativo donde la Gran Guerra nunca se desarrolló y el Imperio británico dispone de aeronaves dirigibles para viajar por sus vastos territorios. El uso de tecnología especulativa en un escenario puramente eduardiano convierten a la primera novela de la trilogía *A Nomad of the Time Streams* en la primera novela steampunk, ocho años antes de la publicación de *Morlock Night* de Jeter.

Oswald Bastable es otra faceta del campeón eterno que Moorcock venía desarrollando en su gran multiverso donde todas sus novelas están conectadas entre sí. En 1974 se publicaría su segunda parte, *The Land Leviathan. A Nomad of the Time Streams,* y acabaría con *The Steel Tsar* (1981), cuando los tres creadores primigenios de California ya comenzaban a publicar sus propias obras. Moorcok, por cierto, era un gran admirador de Mervyn Peake. Si Wells y Verne se pueden considerar los padres de la ciencia ficción, Peake y Moorcock podrían llamarse los padres del steampunk.

STEAMPUNK
LITERARIO
DESDE 1987

A la hora de abordar el steampunk literario podría haberme decantado obra por obra como he hecho en cine, cómics y videojuegos, pero he decidido centrarme en trece autores que han dignificado las fantasías victorianas desde diversos estilos, el terror, el gaslight romance, el greenpunk y, sobre todo el humor. Evidentemente, me dejaré más de mil obras decimonónicas publicadas entre 1987 y mediados de 2022, así que aquí tienes un recuento de algunas que podrían haberse escapado. Algunas de ellas son auténticas one hit wonders del steampunk. Como *La máquina diferencial* (1990), premio John W. Campbell en 1992, escrita a medias por dos maestros de la primera ola del cyberpunk, William Gibson y Bruce Sterling. Una ucronía situada en 1855, en pleno apogeo de la Segunda Revolución Industrial donde un matemático, Charles Babbage, perfecciona una máquina analítica inventando la informática un siglo antes. Sterling continuaría apoyando el movimiento literario steampunk con artículos sobre el tema en varias publicaciones y su conocida *The User's Guide To Steampunk*, publicada en 2008.

En 1993 llegaría *Anti-Ace* de Stephen Baxter, un libro que trata sobre nuevas tecnologías descubiertas en la época victoriana. En este caso se trata de un nuevo elemento descubierto en la Antártida llamado antihielo, un elemento como la cavorita de *Los primeros hombres en la Luna* de H.G. Wells que revoluciona la tecnología impulsando al hombre hasta el espacio y, sobre todo, alimentando aún más la industria armamentística.

Sin desmerecer la prosa del escritor norteamericano Paul Di Filippo, curtido en mil publicaciones de ciencia ficción desde mediados de los años ochenta, es un auténtico one hit wonder del steampunk porque sólo se ha acercado al estilo con una novela… pero qué novela, la primera en poner la palabra *steampunk* en su título: una recopilación de tres cuentos, *La trilogía steampunk* (1995), donde destaca su gran sentido del humor con una crítica muy satírica a los estrictos comportamientos de la sociedad victoriana.

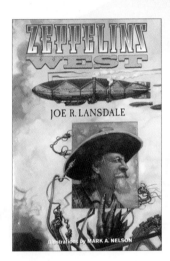

Ya en el siglo XXI, no podemos dejar de recomendar la trilogía de *Ned the Seal* del especialista en novela noir Joe R. Lansdale. En *Zeppelins West*, un montón de personajes como la cabeza automatizada de Buffalo Bill, Toro Sentado y Annie Oakley quieren salvar al monstruo de Frankenstein del emperador del Japón viajando al archipiélago a bordo de un zepelín. Son abatidos en medio del océano Pacífico y rescatados por el capitán Nemo. Como ven, las fantasías victorianas no tienen ningún límite. Esta divertida saga seguiría con *Flaming London* (2005) y *The Sky Done Ripped* (2020).

Jonathan Green creó en 2007 la saga *Pax Britannia con Unnatural History*, llevando la época victoriana hasta finales del siglo XX con una reina Victoria que se mantiene con vida gracias a la tecnología de vapor y está a punto de cumplir 160 años. Londres es una metrópolis steam con dirigibles por los cielos, dinosaurios clonados en los zoológicos y policía robótica. Una locura que se ha alargado hasta un total de ocho títulos y varios cuentos cortos escritos no sólo por Green, también han colaborado el escritor y guionista de cómics Al Ewing o el escritor australiano David Thomas Moore.

Aunque estaba prohibido a finales del siglo XIX en el viejo Imperio británico, recordemos al pobre Oscar Wilde, la cultura LGTBI también está presente en el steampunk. Uno de los primeros gay gaslight romance fue *Caballeros desalmados* (2007) de Ginn Hale, dos novelas

cortas paranormales y románticas que ganaron el premio Gaylactic Spectrum 2008, un premio específico para ficciones LGTBI ambientadas en la ciencia ficción. Este libro nos narra la relación entre el descendiente de antiguos demonios Belimai Sykes y el capitán William Harper. Juntos se enfrentan a asesinatos demoníacos compartiendo peligros y algo más.

En las últimas dos décadas ha habido una floreciente comunidad steampunk en Nueva Zelanda y Australia. De allí llega *Worldshaker* (2009), de Richard Harland, con una trama muy parecida a la película *Metrópolis* (1927) de Fritz Lang, con ricos viviendo en una ciudad nave grandiosa y los trabajadores explotados sobreviviendo en el subsuelo, un boilerpunk vibrante que tuvo segunda parte en 2011 con el título de *Liberator*.

En España también tenemos expertos narradores steampunk. He querido destacar tres en esta selección, pero no nos podemos olvidar de Daniel Mares y *Los horrores del escalpelo* (2011), una novela en la que mezcla autómatas mecánicos expertos en ajedrez con los monstruosos asesinatos de Whitechapel de 1888. En 2013 se publicó la trepidante *La máquina del juicio final* de Raúl Montesdeoca, una novela de espías victorianos con dos agentes secretos enfrentándose a los otomanos en África en busca de un arma de guerra impresionante. Lo divertido de esta fantasía steampunk es que una de los agentes es un ninja japonés letal con la katana. Josué Ramos es un gran conocido de la comunidad steampunk española. Es el coordinador, junto a Paulo César Ramírez, de la *Ácronos Antología Steampunk* (2013), con prólogo de Pablo Begué y cuentos de gente como Víctor Conde,

José Ramón Vázquez o Laura López Alfranca. Ese mismo año se publicó su libro *Lendaria*, una space opera steampunk que mezcla lo mejor de dos estilos de la ciencia ficción: las aventuras espaciales repletas de fantasía sci-fi con un diseño y estética steampunk con barcos y dirigibles cursando las estrellas. Tampoco podemos olvidarnos de José A. Bonilla, coordinador junto a Ramos del *Ácronos. De acero y sangre: relatos de terror steampunk* (2019), autor de algunos notables libros steam como *La inconquistable* (2014), *Sombras de metal* (2018) o *El aliento de Brahma* (2019).

Japón ha sido el lugar donde la estética steampunk ha tenido mayor calado filtrándose en sus mangas, animes y, sobre todo, videojuegos. También en la literatura, en colecciones de novelas de bolsillo ilustradas. Un ejemplo perfecto de esto es *Clockwork Planet* (2013), de Yuu Kamiya y Tsubaki Himana, un relato postapocalíptico en el que el interior de la Tierra fue sustituido por mecanismos de relojería, creando un mundo subterráneo increíble.

K.W. JETER

EL PADRE DE LA CRIATURA

El californiano Kevin Wayne Jeter (1950) es, según todos los cronistas y la bibliografía consultados, el padre del steampunk. Si Michael Moorcock se hubiera inventado el término en 1987 habría sido él, porque publicó *The Warlord of the Air* en 1971, pero lo cierto es que toda esta increíble locura victoriana comienza con Jeter en 1979 publicando *Morlock Night* y mandando una carta a la revista *Locus* en 1987 haciendo broma sobre el cyberpunk diciendo que alguien tenía que inventarse un título para el tipo de fantasías victorianas que estaban publicando él, Tim Powers y James Blaylock: ¿Steampunk, tal vez? Aunque parezca mentira, no nos ha llegado ninguna novela victoriana en castellano de K. W. Jeter, y lo máximo que podemos disfrutar de su prosa con sus secuelas literarias de *Star Wars* o *Blade Runner*. Jeter fue amigo de Philip K. Dick y formó parte de la primera ola del cyberpunk con títulos como *Dr. Adder*, escrita en 1974, pero publicada en 1984, novela que terminaría siendo una trilogía. Dick era muy fan de ese trabajo porque le fascinaba su crudeza, pero Jeter no pudo publicarla hasta que títulos como *Morlock Night* o la novela de terror *Soul Eater* (1983) no tuvieron cierto éxito. La primera fantasía victoriana de Jeter se planteó como una secuela de *La máquina del tiempo* de H. G. Wells. En la historia, los morlocks roban el invento temporal e invaden la Inglaterra de 1890. En el fondo tiene ideas muy interesantes, pero Jeter se apartó demasiado del canon wellsiano incluyendo leyendas artúricas, Atlantis y al mismísimo rey Arturo.

Mucho mejor sería su siguiente acercamiento al género. *Infernal Devices*, publicado en el mismo 1987, inauguró la trilogía *George Dower*, la historia de un relojero del Londres victoriano que ha heredado la tienda de su padre, pero no su talento, y que se ve envuelto en una trama misteriosa por culpa del autómata doble de Dower que su padre creó antes de morir. Este Dower metálico de relojería es un prodigio en dos cosas: el sexo y el violín. Evidentemente, una mujer secuestrará al pobre George con la creencia errónea de que ha capturado a su gemelo mecánico. En *Infernal Devices* hay mucho humor, incluso en las partes más lovecraftianas como ese barrio de Wetwick habitado por híbridos mitad humanos, mitad peces. George Dower tardaría más de veinticinco años en volver a las librerías. A *Fiendish Schemes* (2013) le seguiría *Grim Expectations* (2017), antes de seguir con su saga de thrillers sobre Kim Oh, una fría asesina internacional moderna. También lo hemos podido seguir en innumerables antologías steampunk publicadas en lengua inglesa como *Clockwork Fairy Tales* (2013), cuentos tradicionales contados desde una estética steampunk, o *The Mammoth Book of Steampunk Adventures* (2014).

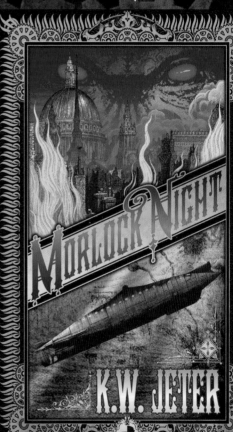

TIM POWERS

MAGIA DEL ANTIGUO EGIPTO

Aunque nació en Buffalo, Nueva York, en 1952, Powers forma parte del triunvirato original californiano del steampunk y seguramente es el más famoso de los tres, con más libros vendidos y más premios. Pero éstos siempre han llegado alejados del steampunk. De hecho, ha sido ganador del World Fantasy Award dos veces: *Last Call* (1996), una fantasía sobre un jugador de póquer, y *Declare* (2002), una larguísima novela de espías durante la Guerra Fría. Powers es un obseso de la historia y suele estudiar a fondo la época que toca, cosa que se agradece, aunque hable de la época victoriana, la Edad de Oro de la Piratería o los años sesenta en el Berlín de los espías. Fue gran amigo de Philip K. Dick. De hecho, el autor de *Ubik* (1969) se inspiró en él para el personaje David de su novela *VALIS* (1981). Un dato curioso es que la famosa novela de Dick, *¿Sueñan los androides con ovejas eléctricas?* (1968), que se convertiría en el germen del *Blade Runner* (1982) de Ridley Scott, está dedicada a Tim y su mujer Serena Powers.

Tras dos novelas con poca fortuna, conoce el éxito en 1979 con *The Drawing of the Dark*, no confundir con la segunda parte de *La Torre Oscura* de Stephen King, una novela que mezclaba vikingos, el sitio de Viena por los turcos

(1529), Merlín y el Rey Pescador. Este afán por mezclar conceptos y datos históricos se daba también con *En costas extrañas* (1987), una novela fantástica de piratas de principios del siglo XVIII que sirvió de inspiración para la saga de videojuegos *Monkey Island* (1990-2022) o la película *Piratas del Caribe: en mareas misteriosas* (2011) de Ron Marshall.

Si puede ser considerado uno de los padres del steampunk es gracias a su novela de 1987 *Las puertas de Anubis*, el ejemplo perfecto de cómo obsesión histórica y fantasía pueden convivir juntas de manera armoniosa y divertida. Las puertas de Anubis se puede considerar un clásico de la literatura steampunk, pero tiene dos pequeños problemas que la alejan del purismo del género. El motor de toda la novela es la magia, no la ciencia. Ésta viene gracias a gente del futuro que viajan al pasado, pero no es creación del pasado propio. Otro dato es que transcurre en 1810, en plena época de poetas como Samuel Taylor Coleridge o Lord Byron, pero un poco alejada del esplendor del Imperio de Victoria de Hannover (1837-1901). Da igual, porque *Las puertas de Anubis* tiene misterio, magia, acción y es muy divertida, además de ofrecernos un fresco excelente y muy vívido de la sociedad londinense de principios del mil ochocientos. Un libro que nos habla de turistas temporales, hombres lobos y magia negra ancestral egipcia no puede ser nunca malo. Powers volvió con *La fuerza de su mirada* (1989), una historia que mezcla terror, criaturas fantásticas y puro sabor del principio del XIX donde también aparece Lord Byron junto a Percy Shelley y John Polidori.

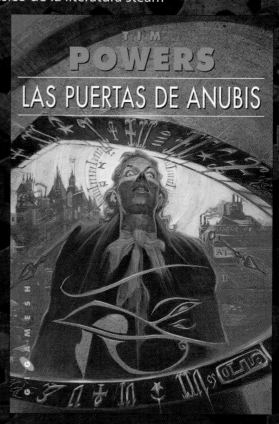

JAMES BLAYLOCK

LA SÁTIRA STEAMPUNK

Otro californiano que se decidió por las fantasías victorianas fue James Paul Blaylock, nacido en 1950 en Long Beach, un lugar completamente alejado del Londres de mediados de siglo XIX. Se graduó en Lengua Inglesa en la Universidad Estatal de California en Fullerton, y comenzó a dar clases en Orange, donde ha basado muchos de sus libros más modernos alejados del steampunk. Como Powers y Jeter, Blaylock fue amigo de Philip K. Dick, aunque a él le gustaban más Julio Verne, H.G. Wells, Robert Louis Stevenson, Arthur Conan Doyle o Charles Dickens. Con Powers, Blaylock tiene una curiosa asociación bajo el nombre de un poeta imaginario William Ashbles con el que han publicado historias juntos bajo ese *nom de plume*.

Blaylock comenzó a ser conocido gracias a la serie Narbondo, colección que recoge aquellas historias en las que de alguna manera participa este villano científico loco jorobado llamado Ignacio Narbondo. La primera fue *The digging Leviathan* (1984), una novela que está ambientada en Los Ángeles de 1964 y que tiene tanta influencia de Burroughs como de Lovecraft, con humanos con branquias que construyen máquinas imposibles. En su segunda novela también sale Narbondo, pero los protagonistas son el Trismegistus Club y el científico-explorador Langdon St. Ives. *Homunculus* (1986) es una historia trepidante y divertidísima que tiene de todo: zombis reanimados, dirigibles con tecnología que supera la mente humana, magia, extraterrestres, naves espaciales y pequeños seres diminutos encerrados en campanas de cristal.

Lord Kelvin's Machine (1992) se convirtió en la tercera novela de la serie Narbondo, aunque tendríamos que llamarla novelita. Alice, la esposa de St. Ives, es asesinada por Narbondo. El científico lo perseguirá desde Londres hasta Noruega gracias a un nuevo aparato del genial lord Kelvin: una máquina del tiempo. También son novelas cortas *The Ebb Tide* (2009) y *The Affair of the Chalk Cliffs* (2011). *Zeuglodom* (2012) fue escrita como una secuela directa de *The digging Leviathan*, mientras que *The Aylesford Skull* (2013), *Beneath London* (2015) y *River's Edge* (2017) son tres fantasías victorianas puras y duras. El último capítulo de la saga hasta la fecha es *The Goblin's Society* (2020) donde mezcla steampunk y casas encantadas. Narbondo y St. Ives han protagonizado también una veintena de relatos cortos que se pueden encontrar recopilados en *The Steampunk Adventures of Langdon St. Ives* (2020). Un título muy específico.

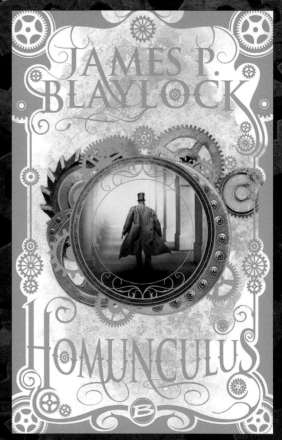

PHILIP PULLMAN

EN BUSCA DE MUNDOS ALTERNATIVOS

Cualquier lector de novelas de fantasía y ciencia ficción podría pensar que la carrera de sir Philip Nicholas Outram Pullman (nacido en 1946) podría haber comenzado con la publicación de *Luces del norte* (1995), el primer libro de la trilogía llamada *La materia oscura*. No podría estar más equivocado. Aunque ese libro ganara la medalla Carnegie de la Asociación de Bibliotecas de 1995 como el libro infantil inglés más destacado del año, Pullman llevaba más de una década escribiendo libros juveniles e infantiles con bastante éxito en el Reino Unido.

El autor asistió al Exeter College de Oxford, donde se licenció en Lengua y Literatura Inglesa, trabajando de profesor en diversas escuelas secundarias hasta llegar a enseñar en el Westminster College mientras escribía cuentos y obras de teatros infantiles. Su primer contacto con la novela victoriana sería con la novela juvenil *La maldición del rubí*, la primera obra de la serie Sally Lockhart. En el Londres de 1872 la joven Veronica Beatrice Lockhart se queda huérfana, pero hereda el placer de su padre por los números y la contabilidad, habilidades que abren para Sally una carrera como consultora financiera, un trabajo extremadamente difícil de obtener para una mujer en pleno siglo XIX. Aunque el steampunk no aparezca por ningún lado, los cuatro libros de la serie de Sally Lockhart son un pasatiempo victoriano delicioso de misterio y empoderamiento que cuenta con el añadido de que la protagonista va creciendo libro a libro desde *Sally y la sombra del norte* (1986) hasta *Sally y la princesa de hojalata* (1994), pasando por *Sally y el tigre en el pozo*, publicado en 1990. El último libro se aleja del humeante Londres para adentrarse en el ficticio país de Razkavia. Los dos primeros libros de Lockhart fueron llevados a la televisión inglesa.

Pero es cierto que su carrera internacionalmente despega con *Luces del norte*, titulada *La brújula dorada* en Estados Unidos, donde seguimos las peripecias de la joven Lyra Belacqua en una trama en una Tierra alternativa más cercana al art decó de principios de siglo con dirigibles voladores, brujas y grandes osos acorazados que a la fantasía victoriana de mediados de siglo, pero dejando una gran impronta en el steampunk gracias a ese Oxford alternativo que tan bien conoce Pullman. El Oxford actual mezcla la modernidad con las tradiciones que se remontan a siglos anteriores, Pullman potenció ese pasado victoriano dejándonos una ciudad universitaria que parece del siglo XIX.

La materia oscura finalizó con *La daga* (1997) y *El catalejo lacado* (2000), novelas que llevaban a Lyra y sus amigos a otras tierras alternativas. El gran tema de la historia era el enfrentamiento entre religión y ciencia, con el Magisterio, una organización secular que controla la Inglaterra de Lyra, persiguiendo a aquellos que creen en las dimensiones paralelas, como el tío de Belacqua, lord Asriel, un científico aristócrata capaz de todo por poseer el conocimiento del cosmos. *La materia oscura* también nos dejó una de las villanas más interesantes de la literatura de finales del siglo XX: Marisa Coulter. Diecisiete años más tarde, Pullman volvió al multiverso que había creado con una nueva trilogía titulada *El libro del polvo* con la edición de *La bella salvaje* (2017), que ocurre once años antes de Luces del norte, y *La comunidad secreta* (2019), situado veinte años después de *La bella salvaje*. Falta un último título para cerrar la trilogía que seguramente verá la luz en 2023.

CHINA MIÉVILLE

EN LOS TEJADOS DE NUEVA CROBUZON

Tres datos importantes para conocer la literatura de China Miéville. Primero: participa activamente en organizaciones de izquierda del Reino Unido. Se llegó a presentar con la Alianza Socialista a las elecciones generales de 2001 y tiene una tesis doctoral sobre marxismo y derecho internacional. Segundo: es un experto jugador de rol especializado en *Dragones y mazmorras*. Tercero: entre sus influencias literarias se encuentran Michael Moorcock, Tim Powers, H. P. Lovecraft y Mervyn Peake. Mezclen ustedes el socialismo, la creación de mundos y la influencia de algunos maestros de la ciencia ficción y el terror más extraño y tendrán a uno de los mejores escritores de ciencia ficción de finales del siglo XX y principios del XXI, capaz de escribir noir imposible, la increíble *La ciudad y la ciudad* (2009), comedias negrísimas con influencias de *Lovecraft, Kraken* (2010), o asfixiantes fantasías urbanas, *El rey Rata* (1998).

Pero su gran aportación al universo steampunk literario internacional fue la creación del mundo ficticio Bas-Lag.

En Bas-Lag existe la magia, la taumaturgia y la tecnología steampunk. Situados en la Primera Edad Úmbrica tras los milenios del Imperio Espectrocéfalo y el Reinado Malarial durante la época dorada de Nueva Crobuzón, la ciudad cuyos logros científicos y tecnológicos la han convertido en la más importante de Bas-Lag. Una ciudad multicultural con seres de diferentes orígenes que se agolpan en comunidades en los barrios superpoblados de una urbe que recuerda demasiado a Londres en su forma cartográfica. Seres como los cactacaes, humanoides con rasgos de cactus, los voladores Garuda, los escarabajos humanoides khepris o los anfibios vodyanoi. Bas-Lag comenzó con *La estación de la calle Perdido* (2000), una fantasía con tecnología de la era victoriana que sucede en un Estado policial bastante sucio, según palabras de su propio autor.

Tras el primer capítulo de Bas-Lag, con su ficción política cercana a la fantasía noir, llegaría *La cicatriz* (2002), Premio Locus a mejor novela fantástica y ganador del British Fantasy Award de 2003, donde Miéville nos lleva a otros territorios de Bas-Lag, como la ciudad flotante Armada formada por miles de barcos piratas que se mueven arrastrados por grandes naves a través del océano. En 2004 se publicaría *El Consejo de Hierro*, el último volumen de la trilogía Bas-Lag, la novela más política de Miéville inspirada en el movimiento antiglobalización de principios del siglo XX. También es un wéstern moderno, alejándonos de su Londres victoriano natural, Nueva Crobuzon, con un proyecto de ferrocarril, el Iron Council del título, que ayudará en la guerra casi eterna que la ciudad mantiene con Tesh. El último capítulo dedicado a Bas-Lag lo pudimos encontrar en el cuento Jack, de la antología *Looking for Jake and Other Stories* (2005), donde se narra la captura del terrorista Jack Half-a-Prayer, que ya había salido en *El Consejo de Hierro*.

CHINA MIÉVILLE

LA ESTACIÓN DE
LA CALLE PERDIDO

NOVA

PHILIP REEVE

CIUDADES A MOTOR

Cuando Philip Reeve (Brighton, 1966) se graduó en la Brighton Polytechnic, el steampunk todavía no se había cruzado en su camino. Estudió dibujo e ilustración y sus primeros trabajos fueron como creador de tiras cómicas e ilustraciones para libros juveniles e infantiles. Alternaba este trabajo con espectáculos de comedia y musicales, como la distópica *The Ministry of Biscuits* (1998). En 2002 comienza a publicar su serie de novelas infantiles sobre Buster Bayliss, un niño muy travieso que tiene que salvar el mundo de alguna invasión monstruosa en cada capítulo de esta tetralogía, que cuenta con dibujos hechos por el mismo Reeve. Pero al año anterior, en 2001, ya había triunfado en las librerías del Reino Unido con una fantasía steampunk postapocalíptica increíble sobre ciudades que viajaban a tracción por un desierto posnuclear infinito atacándose entre ellas como si fueran barcos en la edad de oro de la piratería.

Máquinas mortales llevaban dando vueltas en la cabeza de Reeve desde que era un adolescente en la década de los ochenta, pero no encontró su propio camino hasta que algunos editores le recomendaron convertirla en una novela juvenil. Aunque en un principio se escribió como un universo alternativo de principios del siglo XX, Reeve lo convirtió en una distopía apocalíptica para no crear tanto worldbuilding histórico. En la novela, la gran ciudad de Londres se dedica a perseguir y atacar a otras ciudades pequeñas para conseguir sus recursos y esclavizar a su población. La sociedad londinense se divide en gremios donde destaca el Gremio de Historiadores, quienes preservan artefactos peligrosos del antiguo mundo. *El Mortal Engines Quartet*, se completaría con *El oro del depredador* (2001), *Inventos infernales* (2005) y *Una llanura tenebrosa* (2006). Incluso tendría una versión en película en 2009 que fue un fracaso de taquilla. Además de ciudades como El Cairo, Helsinki, Benghazi o Manchester, la serie está repleta de dirigibles con nombres ridículos como *Idiot Wind*, *Group Captain Mandrake* o *Die Leiden des Jungen Werther*, como el libro de *Goethe*.

La experiencia steampunk de Reeve no acabaría con el cuarteto. Entre 2006 y 2009 publicó la trilogía Larklight, ambientada en un universo alternativo victoriano donde la humanidad lleva explorando el sistema solar desde el siglo XVIII. Ahora no sólo hay colonias en la Tierra, también en planetas como Marte o Júpiter. *Larklight* (2006), *Starcross* (2007) y *Mothstorm* (2008) tienen un espíritu muy pulp, con grandes monstruos viviendo en el espacio y planetas de nuestro sistema solar.

EDUARDO VAQUERIZO

STEAMPUNK ESPAÑOL

Antes que Félix J. Palma triunfase con *El mapa del tiempo* en un premio tan conocido como el Ateneo de Sevilla, la ciencia ficción ucrónica y steampunk española tenía nombres y apellidos: el madrileño Eduardo Vaquerizo Rodríguez (1967). Ingeniero aeronáutico de profesión, Vaquerizo comenzó a ser bastante conocido en el fandom de ciencia ficción español con sus relatos cortos influidos por la Nueva Ola y el cyberpunk. En 1998 se lanza con su primer relato largo, la novela corta *El lanzador*, publicada por la editorial Artifex, en una colección, Artifex Minor, donde también publican Palma o Enrique Lázaro. Le sigue la distópica y muy dickiana *Rax* (2000) y la versión novelada de la fallida película española de Luna (María Lidón), *Stranded: Náufragos* (2001), en colaboración con su guionista Juan Miguel Aguilera.

En 2005 abandonó la ciencia ficción más pura para dedicarse por entero a la ucronía histórica con su laureada novela *Danza de tinieblas*, con la que obtuvo el Premio Ignotus a la mejor novela y fue finalista al Premio Minotauro. El punto Jonbar, el punto de divergencia entre la historia oficial y la de la ucronía alternativa, se produce cuando Felipe II muere antes de lo previsto y su hermano bastardo Juan de Austria, héroe de la batalla de Lepanto de la Liga Santa, una coalición de reinos católicos del Mediterráneo contra el Imperio otomano, ocupa el trono español tras una corta guerra de secesión. Al acoger el movimiento protestante como propio, el Imperio español consigue sobrevivir más de tres siglos hasta llegar a 1927, el año en el que transcurre el libro. Éste no fue el primer capítulo del Tinieblasverso, Vaquerizo ya había desarrollado la idea en el relato corto *Negras águilas*, publicado en 2003 en la revista *Artifex*.

El Madrid alterno de *Danza de tinieblas* es una ciudad como la Londres steampunk de las novelas en lengua inglesa, repleto de hollín por culpa de la contaminación de las chimeneas quemando carbón día y noche. También es una capital imperial, con sus corrupciones y su amoralidad, repleta de multiculturalidad. Al no haber expulsado a los judíos, España ha avanzado gracias a los cabalistas, con coches movidos por carbón y complejos mecanismos de ingeniería. En un mundo en el que el Mediterráneo está controlado por España y el Imperio otomano, el modelo social sigue siendo feudal pero bastante industrializado. Una de las grandes ideas de esta ucronía steampunk de Vaquerizo es sustituir el modelo binario de la informática conocida por un sistema cabalístico, con la creación de autómatas parecidos a los gólems del folklore judío.

Danza de tinieblas no acabó aquí, Vaquerizo ha seguido alimentando este Imperio español steampunk. En 2013 se publicaría *Memoria de tinieblas*, que se desarrolla durante dos tramas temporales, en la guerra de trincheras contra el Imperio otomano en 1969 y durante el esplendor del imperio en 1671. *Alba de tinieblas* (2018) viajará al germen de la historia, en 1575. Vaquerizo dejó que otros escritores jugarán con su mundo en *Crónicas de tinieblas* (2014) con la participación de Víctor Conde, Ramón Muñoz, Sofía Rhei, Joseph Remesar o Cristina Jurado con historias que transcurren entre 1697 y 1975.

EDUARDO VAQUERIZO

DANZA
de
TINIEBLAS

minotauro

STEPHEN HUNT

DEL CYBERPUNK AL STEAMPUNK

Un paseo por la página web del canadiense Stephen Hunt, nacido en 1966, nos puede dar unas cuantas pistas sobre su grandioso ego o sobre su gran ironía. Su primera novela de la saga *Jackeliana* «fue votada como "Mejor libro para convertirse en película" por el comité del festival de cine más grande del mundo, el Festival Internacional de Cine de Berlín, también conocido como Berlinale. Se describió como "Charles Dickens conoce a Blade Runner". Hasta la fecha, nunca se ha convertido en una película o serie de televisión. Hablando sobre el fracaso de películas como *La brújula dorada* y la versión de Peter Jackson de *Mortal Engines*, uno de los directores de mi editorial señaló con ironía "que no hay un mercado steampunk, hay un mercado de Stephen Hunt"».

Ironía tiene, sólo hay que leerse algunas páginas de *La corte del aire* (2007), pero Hunt nunca pensó en escribir una novela steampunk. Ninguna de sus novelas está planeada en materia de estilos, según él mismo. De hecho, Hunt comenzó haciendo cyberpunk. Hasta uno de sus cuentos cortos, *Hollow Duellists*, que ganó el premio de la revista Proto-Stellar de 1992 a la mejor historia corta de ficción, fue ampliamente alabado por el dios del cyberpunk William Gibson como una de las mejores historias de la segunda ola de este género de la ciencia ficción. Su primera novela fue *For the Crown and the Dragon* (1994), donde mezclaba ucronía napoleónica, fantasía mágica y, claro, steampunk con dirigibles y ametralladoras mecánicas. El crítico Andrew Darlington la llamó *flintlock fantasy* (fantasía con chispa) y algunos expertos suelen llamar así a las novelas steampunk napoleónicas.

Tardaría doce años más en publicar otra novela, pero no ha parado desde entonces. A la primera piedra de su saga *Jackeliana* le siguió *El reino más allá de las olas* (2008), *The Rise of the Iron Moon* (2009), *Secrets of the Fire Sea* (2010), *Jack Cloudie* (2011), *From The Deep of the Dark* (2012) y *Mission to Mightadore* (2015), mientras escribía dos trilogías más, las spaces opera de *Far-called* (2014-2016) y *Sliding Void* (2014-2018). Hunt basó su nueva tierra steampunk en un país llamado el Reino de los Chacales, parecida a la Gran Bretaña victoriana, con un país vecino llamado Quatershift, inspirada en la Comuna de París de 1871 o en cualquiera utopía comunista de principios del siglo XX. En *La corte del aire* el lector sigue dos tramas, la historia de Molly Templar, quien descubre un cruel asesinato en un burdel y el joven Oliver Brooks, un chico que vive recluido por su tío porque cuando era un niño se internó en la niebla feérica y temen que se convierta en un loco feérico. Lo más fascinante de *La corte del aire* siguen siendo esos hombres de vapor, máquinas con voluntad propia, y la facilidad que tiene Hunt para hacerte viajar entre estilos narrativos, de novela de guerra a thriller de robo pasando por su primer capítulo como aventura de iniciación.

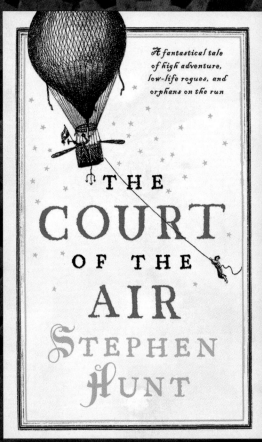

FÉLIX J. PALMA

EL SEÑOR DE LA TRILOGÍA VICTORIANA

Félix J. Palma (Sanlúcar de Barrameda, 1968) siempre se tomó el de escritor como un trabajo a tiempo completo. Comenzó con libros de relatos juvenil, *El vigilante de la Salamandra* (1998), o su primera novela, *La hormiga que quiso ser astronauta* (2001), pero descubrió que presentar cuentos y relatos largos a premios literarios le salía más a cuenta que buscar a un editor puerta a puerta. Hasta que publicó su primera novela de la *Trilogía victoriana*, Palma ya había ganado el Premio Tiflos 2001 por *Las interioridades*, el Premio Iberoamericano de relatos Cortes de Cádiz por *Los arácnidos* (2003) o el Premio Luis Berenguer por *Las corrientes oceánicas* (2005). También comenzó a dar clases como profesor de escritura, profesión que ha ido perfeccionando hasta crear su propia empresa de coach literario con varios profesores más. "Escribir es de locos" es una escuela de escritura *online* que ofrece cursos y talleres, pero también es el título del propio libro que Palma publicó en 2021 como medio educativo medio autobiográfico sobre su carrera de escritor.

Aunque ya era un escritor conocido en la península, su éxito internacional le llegó con el XL Premio Ateneo de Sevilla 2008 por *El mapa del tiempo*, una fábula muy wellsiana con influencias steampunk y ecos de *La mujer del viajero del tiempo* de Audrey Niffenegger. Era la primera vez que un premio dedicado exclusivamente a la novela histórica recaía en un relato de ciencia ficción. Como en la película de Nicholas Meyer, *Los pasajeros del tiempo* (1979), un viajero temporal tendrá que viajar al pasado de 1888 para salvar a su amada de ser asesinada por el cruel Jack el Destripador. Pero también tiene un poso metaliterario, donde H. G. Wells es amenazado de muerte por otro viajero temporal que quiere robarle sus famosas novelas especulativas para publicarlas con su nombre. El libro es un divertimento de continuos saltos temporales al estilo de *Regreso al futuro II* hilados con mucho estilo y pericia.

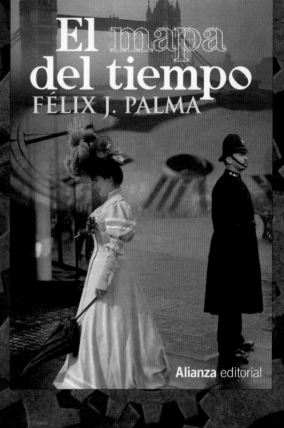

Palma quiso seguir desarrollando su mundo steampunk con dos novelas más hasta cerrar su *Trilogía victoriana*. De la ciencia ficción de viajes temporales saltamos a los viajes espaciales con *El mapa del cielo* (2012), más influido por *La guerra de los mundos* de su admirado Wells, pero con un toque muy Orson Welles, con multimillonarios haciendo creer al mundo que una invasión marciana es posible. La trilogía acabaría en 2014 con *El mapa del caos*, donde Palma se acerca a otra fijación de la sociedad victoriana, el espiritismo, rindiendo homenaje a la novela detectivesca de sir Arthur Conan Doyle. Las dos novelas ganaron el Premio Ignotus en 2013 y 2015. Aparte de salir en la antología de *The Best of Spanish Steampunk* (2015) de James y Marian Womack, Palma pudo realizar su propia recopilación publicada por Fábulas de Albión en 2012 con el título de *Steampunk: antología retrofuturista*, con relatos de Óscar Esquivias, Fernando Marías, José María Merino, José Carlos Somoza, Ignacio del Valle, Pilar Vera, Juan Jacinto Muñoz Rengel, Andrés Neuman, Fernando Royuela, Luis Manuel Ruiz, Care Santos y Marian Womack.

GAIL CARRIGER

SE PUEDE MATAR VAMPIROS Y AMAR A HOMBRES LOBO YENDO SIEMPRE A LA MODA

Carriger, como el trío inicial del steam-punk norteamericano, también es del estado soleado de California, del condado de Marin, para ser exactos. Ella iba para arqueóloga, como Lara Croft, pero cambió el cómodo pantalón corto de la exploradora de los videojuegos por el vestido y la moda victoriana, siempre armada con un parasol. Su afición por el té y el siglo XIX británico le vino en un periodo de estudio en la Universidad de Nottingham, donde se especializó en antropología. Después de años escribiendo plomizos informes arqueológicos y antropológicos desde un prisma académico con olor a vetusto, Carriger se lanzó a escribir su primera novela steampunk cercana al romance gótico lleno de seres sobrenaturales. *Soulless*, lla-mada en España *Sin alma*, fue publicada en 2009 y fue nominada al premio John W. Campbell y al Compton Crook, y llegó a finalista al Premio Locus a mejor primera novela.

El éxito de *Sin alma* inauguró todo un universo steampunk llamado sombrillaverso o parasolverso, en honor al subtítulo que Carriger dio a toda esta nueva saga decimonónico, *El Protectorado de la Sombrilla*, o *Parasol Protectorate*. Con *Soulless* seguíamos a la dama de la alta sociedad londinense Alexia Tarabotti, quien está a punto de ser considerada una eterna solterona, aunque todavía no ha llegado a los treinta. Alexia no tiene alma, una ventaja pues no puede ser afectada por los seres sobrenaturales que viven y son aceptados en el Imperio de la Reina Victoria. En la ucronía victoriana de Carriguer existen vampiros, hombres lobo, trolls y todo tipo de criaturas mágicas que conviven con la sociedad de Londres, desde los barrios humildes hasta las mansiones más lujosas de Berkerley Square, Belgravia o Hyde Park. Cuando Tarabotti mata por error a un vampiro, la reina Victoria envía a su mejor investigador sobrenatural, el hombre lobo lord Maccon. El odio y la pasión no tardarán en hacer aparición entre estos dos tortolitos.

El *Protectorado de la Sombrilla* es uno de los mejores ejemplos actuales de gaslight romance, o como la literatura romántica histórica puramente victoriana también ha convertido al steampunk en un estilo muy atrayente para el público femenino. Carriger, además, es una amante del cosplay victoriano y suele acudir a muchas convenciones norteamericanas y europeas con sus mejores galas decimonónicas. A *Sin alma* le siguió *Sin cambios*, *Changeless* (2010), y *Sin culpa*, *Blameless* (2010). Lamentablemente, *Heartless* (2011) y *Timeless* (2012) se quedaron sin editar en España. Como tampoco vieron la luz otras sagas del sombrillaverso como las cuatro novelas de Finishing School, situada en un internado femenino y más juvenil, o las cuatro de *The Custard Protocol*, las más steampunk de la saga con un dirigible llamado Spotted Custard, un homenaje a las natillas mezcladas con bizcocho con pasas, comandado por lady Prudence Alessandra Maccon Akeldama con rumbo a la India.

UNA NOVELA DE VAMPIROS, LICÁNTROPOS Y SOMBRILLAS

GAIL CARRIGER

SIN ALMA

PROTAGONIZADA POR ALEXIA TARABOTTI

Novela del año 2009 de
Publishers Weekly
—
Best-seller de
The New York Times y Locus

VERSATIL

CHRIS WOODING

PIRATAS AÉREOS CORREN DIVERTIDAS AVENTURAS

Wooding es uno de los autores más jóvenes de esta pequeña selección de literatos steampunk. También es el que comenzó a escribir más temprano. Como afirma él mismo en la autobiografía de su página web, acabó su primera novela con dieciséis años, contrató un agente con dieciocho y a los diecinueve había firmado su primer contrato para un libro. Fue a la universidad a estudiar literatura y ha dedicado toda su vida a escribir novelas a tiempo completo. Con treinta y dos años ya era autor de 16 libros, pero luego se fue relajando para dedicarse a su otra gran pasión, viajar de mochilero alrededor del mundo visitando continentes como Europa, América del Norte, el Sudeste Asiático, Japón, Sudáfrica o Escandinavia. Territorialmente, está vinculado con España porque estuvo viviendo medio año en la ciudad de Madrid, aunque no se note nada en su literatura. Wooding es oriundo de Leicester, en el centro de Inglaterra, una ciudad que ha dado grandes escritores a la lengua inglesa como Julian Barnes o el poeta satírico del siglo XVII John Cleveland, pero ningún literato decimonónico digno de mencionarse. Eso sí, Leicester tiene el honor de haber sido el lugar de nacimiento de uno de los personajes más conocidos de la época victoriana: Joseph Carrey Merrick, el Hombre Elefante.

Como ya hemos dicho, Wooding es autor de muchos libros, pero sólo nos han llegado dos en castellano. Las dos partes de su saga *Malice, Atrapados* (2009) y *La resistencia* (2010) con ilustraciones de Dan Chernett. Estas dos novelas tratan sobre un cómic que transcurre en un mundo siniestro de trampas supervisado por el siniestro maestro de ceremonias Jack el Largo, quien va vestido como un puritano del siglo XVII. Ese cómic es una leyenda urbana, pero los niños que lo encuentran y se atreven a leerlo acaban en el mundo de Malice intentando sobrevivir a pruebas mortales. También se ha publicado en España la serie de cómic *Broken Sky*, inspirada en el manga y dibujada por Steve Kyte, de la que sólo se llegaron a publicar nueve números.

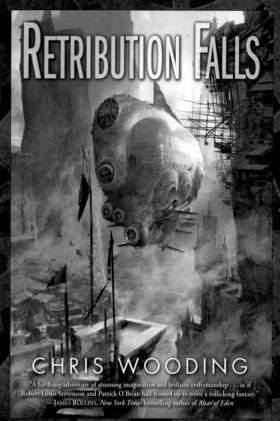

Lamentablemente, continúa inédita en castellano una de las series steampunk más interesantes de los últimos años, la conocida tetralogía de *Tales of the Ketty Jay*, una serie que comparten protagonistas, pero cuyos libros se pueden leer de manera individual sin ningún problema. En 2009 se publicó *Retribution Falls*, un cambio de registro para el autor, quien estaba un poco cansado de la oscuridad de sus anteriores novelas y quiso realizar una aventura trepidante llena de mentirosos sarcásticos, cínicos y bromistas a bordo del carguero dirigible *Ketty Jay* comandado por el mujeriego capitán Frey, muy Douglas Fairbanks o Errol Flynn. La primera novela de Tales of the Ketty Jay es un festival de aventuras aéreas en un mundo alternativo lleno de piratas jocosos y máquinas imposibles que llegó a estar preseleccionado para el premio Arthur C. Clarke 2010. Luego llegaron *The Black Lung Captain* (2010), *The Iron Jackal* (2011) y *The Ace of Skulls* (2013), la última batalla de la *Ketty Jay* y su intrépida tripulación, un capítulo un poco más oscuro, pero no carente del humor característico de unos personajes que hemos aprendido a querer a lo largo de la saga pese a sus miles de imperfecciones.

CHERIE PRIEST

MUERTOS VIVIENTES DECIMONÓNICOS

Steampunk y zombis, qué gran combinación. Siempre ha habido muertos vivientes en el siglo XIX, sobre todo gracias a la escuela de *Frankenstein* de Mary Shelley, madre de la ciencia ficción, sin quererlo. Los zombis no dejan de ser el punto final del apocalipsis, la muerte, la putrefacción, la plaga que arrasa a su paso. Algo que se yuxtapone al orden industrial y victoriano del steampunk. Como el articulista Charlie Jane Anders sostenía muy bien en un artículo para *Gizmondo*: «El steampunk también trata del amor por nuestro pasado industrial, que nos persigue como un zombi». Aunque ya existieran zombis en el steampunk, Cherie Priest los convirtió en material para nuestras pesadillas en una de las sagas literarias más famosas del género.

Nacida en Tampa, Florida, en 1975, Priest es hija de un padre militar que la arrastró por medio país de base en base. Su familia era adventista del séptimo día y estudió en academias y en la universidad de esa religión hasta que pudo especializarse en retórica y escritura profesional en la Universidad de Tennessee. Fue allí donde comenzó a escribir la trilogía paranormal de Eden Moore con *Four and Twenty Blackbirds* (2003) como primer libro. Lo de vincular su lugar de residencia con las novelas que escribe no se quedó en Chattanooga, Tennessee. Cuando se mudó con su marido a Seattle, comenzó a pensar en una saga que mezclase una historia alternativa de la región, steampunk, grandes naves dirigibles en medio del apocalipsis y zombis, muchos zombis, demasiados zombis.

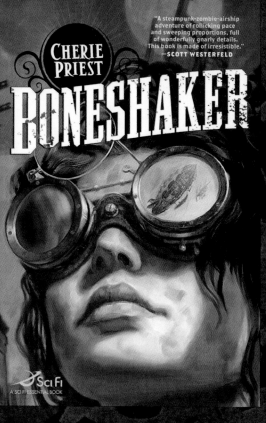

Boneshaker se publicó en 2009 y se convirtió en toda una revolución en Norteamérica siendo un *best seller* en la sección literaria de *The New York Times*. *Boneshaker* fue finalista en los premios Nebula de 2009 y Hugo 2010, ganando el Premio Locus a mejor novela de ciencia ficción en 2010. En 1861, a principios de la Guerra de Secesión estadounidense, comienzan a llegar al Klondike, Alaska, cientos de hombres de fortuna buscando oro. Unos inversores rusos encargan a Leviticus Blue una máquina de vapor que pueda extraer oro a través del hielo de Alaska, propiedad rusa en la época. El Boneshaker o Increíble Motor de Perforación que Sacude los Huesos funciona a la perfección, pero destruye el centro de Seattle liberando un gas mortal que mata y convierte en zombi a todo aquel que lo respira. Como el gas pesa más que el oxígeno, se queda a pocos metros del suelo y puede ser controlado amurallando las zonas contaminadas, repletas de zombis rabiosos. Sólo los más valientes recorren la zona contaminada con grandes barcos con globos.

El primer libro de la saga *The Clockwork Century* (*El siglo mecánico*) oscila entre la aventura juvenil, el terror postapocalíptico y la ucronía steampunk sin dar tregua al lector. Tras el gran éxito de *Boneshaker*, Priest siguió investigando en esta Guerra Civil norteamericana eterna y llena de zombis con la novela corta *Clementine* (2010), y los oficiales *Dreadnought* (2010), *Ganimedes* (2011), *The inexplicables* (2012), *Fiddlehead* (2013) y *Jacaranda* (2015) mientras publicaba los dos libros juveniles sobrenaturales de la saga *Cheshire Red Reports*, ambos en 2011. Priest suele estar en casi todas las recopilaciones de cuentos steampunk de Estados Unidos y se ha convertido en una voz muy reconocida en la comunidad steam de habla inglesa.

VICTORIA ÁLVAREZ

MUÑECAS ROBÓTICAS EN LA VENECIA DE PRINCIPIOS DE SIGLO XX

A la salmantina Victoria Álvarez la literatura le viene de familia. Con un abuelo poeta y un padre escritor de novela histórica, Álvarez se decidió por la historia del arte especializándose en literatura artística del siglo XIX. Vocacionalmente y culturalmente, Álvarez exhala literatura decimonónica por todos sus poros. En su primera obra se decantó por el gótico romántico. *Hojas de dedalera* (2011) situaba su acción en Londres, en 1888, narrando la estremecedora historia de Annabel Lovelace, quien vive con su tío, el guarda del famoso cementerio de Highgate, donde está enterrado Karl Marx. Lovelace descubre que tiene el don de comunicarse con los muertos que pululan por el cementerio convirtiéndose de mayor en la médium más influyente del Imperio británico. La prosa de Álvarez al principio era ampulosa y enrevesada, como si quisiera condensar en pocas líneas todo el barroquismo del Londres del siglo XIX, pero libro a libro fue puliendo su estilo.

En 2014, ya en una gran editorial, Lumen, comenzó la trilogía *Dreaming Spires* con *Tu nombre después de la lluvia*, una saga que saltaba a los años veinte, en periodo de entreguerras, con una historia de aventuras románticas juvenil en la lejana India con un toque muy dark fantasy. La joven Helena Lennox de diecisiete años viaja con sus padres a la ciudad de Bhangarh para investigar la desaparición de unos arqueólogos, pero lo que desconoce es que esta ciudad fantasma está maldita. Esta trilogía se cerró con *Contra la fuerza del viento* (2015) y *El sabor de tus heridas* (2016). Entre 2018 y 2020 publicó cuatro novelas más, desde el wéstern gótico de *Silverville* (2018) hasta la aventura napoleónica en tierras egipcias de *La voz de Amunet* (2019). En su última novela vuelve a finales del siglo XIX con *Penelope Quills: la sirena perdida* (2021), una novela juvenil romántica con ilustraciones de Judit Mallol.

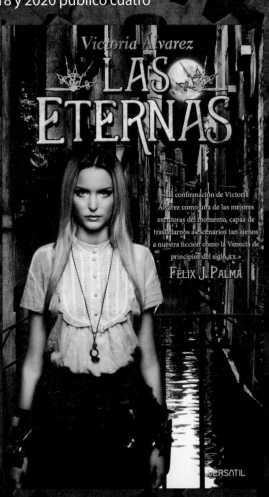

Álvarez saltó de la dark fantasy decimonónica de su primer libro, *Hojas de dedalera*, al steampunk puro y duro de inspiración villiersniana y su *La Eva futura* (1886) con una novela que huye del humo del Támesis de Londres para acercarse a los canales románticos venecianos. En 1908, Gian Carlo Montalbano y su hija Silvana abren una juguetería llamada La Grotta della Fenice frente a la antigua juguetería de los Corsini. Montalbano construye unas muñecas tan perfectas que parecen niñas reales. El joven Mario Corsini quiere descubrir el arte de su competidor y traba amistad con su pálida y fría hija Silvana. *Las eternas* se publicó en 2012 y sigue siendo uno de los mejores libros clockpunk hechos en España hasta la fecha. Un relato muy clásico que se pregunta con qué sueñan los androides decimonónicos.

75

STEAM
MOVIES

VIAJE A LA LUNA

DE GEORGE MÉLIÈS (FRANCIA, 1902)

Marie-Georges-Jean Méliès abandonó la empresa de calzado de su familia para dedicarse a su gran pasión: el teatro. En 1888 compró el teatro Robert-Houdin donde dirigía e interpretaba espectáculos de ilusionismo con decorados, trucos y maquinaria creados por él mismo y su equipo. Todo cambió a finales del año de 1895, cuando asistió a la primera presentación del cinematógrafo de los hermanos Lumière. Méliès vio las grandes posibilidades del nuevo invento del espectáculo y quiso comprárselo a los Lumière, pero éstos se negaron. Al final se lo compró a otro inventor, Robert William Paul, en 1896, creando escenas cortas y documentales para proyectar en su teatro. Entre ese año y 1912, Méliès dirigió más de quinientos cortometrajes en su invernadero-estudio de cristal para aprovechar la luz del Sol de Montreuil.

Lo verdaderamente emocionante de la historia de Méliès es que no es un romántico de la época victoriana o eduardiana. Él estaba creando steampunk en el presente, como los escritores de la época. Si existe una obra por la que Méliès ha pasado a la historia del cine, ésa es su imaginativa versión del libro de Verne *De la Tierra a la Luna* (1865), titulada *Le Voyage dans la Lune*.

Auténtico cine steampunk hecho en la época del steampunk. Aunque el principio del cortometraje de catorce minutos pintado a color fotograma a fotograma estaba inspirado en la obra de ciencia ficción de Verne, la segunda parte del mismo está basado en *Los primeros hombres en la Luna* (1901) de H.G. Wells, novela publicada un año antes de la producción de esta película y de carácter más fantástico. Fue el film más caro de Francia en la época, diez mil francos, debido principalmente a su larga duración y sus decorados gigantes, pero también fue un éxito internacional de principios de siglo del que Méliès casi no vio ni un franco. En Estados Unidos, trabajadores de Thomas Edison la piratearon y distribuyeron copias por todo el país. Tampoco es que Méliès pagará derechos de autor a Verne y Wells.

Con *Viaje a la Luna*, Méliès tocó techo como ilusionista cinematógrafo, aprovechando al máximo su técnica de stop trick y los efectos escenográficos aprendidos en el teatro. Para mucha gente, la escena del hombre de la luna con el cohete clavado en el ojo es una de las imágenes más icónicas de la historia del cine.

EL HOTEL ELÉCTRICO

DE SEGUNDO DE CHOMÓN (FRANCIA, 1908)

El turolense Segundo Víctor Aurelio Chomón y Ruiz fue uno de los pioneros del
cine mudo y de la utilización de efectos
especiales y trucajes en el cine. Segundo
era un ingeniero que descubrió el cinematógrafo de los Lumière y se enamoró
de este nuevo arte como el propio George
Méliès. Su mujer, la vedette Julienne Ma-
thieu, trabajaba en los estudios de Méliès
coloreando los fotogramas, pero Chomón
mejoró el sistema de color del genio francés patentándolo para su competidora, la
casa Pathé. La nueva técnica se llamaría
Pathécolor. Ya en Barcelona, en 1902, fa-
brica su propia cámara cinematográfica y dirige una de sus primeras películas
con trucajes y maquetas, *Choque de trenes*.

Chomón perfeccionó el stop trick de Méliès con técnica de la stop motion
pasando la manivela fotograma a fotograma. Aunque no fuera una técnica
inventada por él, pues ese honor lo tiene James Stuart Blackton con *El hotel
encantado* de 1907, sí que se convirtió en un maestro al utilizarla con actores reales. Los estudios Pathé le pidieron una nueva versión del cortometraje de Blackton, cosa que el director turolense realizó el mismo año que el
norteamericano. Pero no contento con realizar una mera imitación, Chomón
fue un paso más adelante en 1908 con *El hotel eléctrico*, protagonizado por

él y su mujer, un cortometraje considerado en la actualidad como una de las primeras obras de la ciencia ficción cinematográfica. Al contrario que el hotel de Blackton, el hotel de Chomón está completamente automatizado: zapatos cuyos cordones se atan solos, cepillos que peinan como si estuvieran embrujados, electrodomésticos y luces que funcionan con un botón o utensilios de aseo personal que te afeitan en un plis plas. Un hotel completamente automatizado que acaba en el caos más absoluto por culpa de un operario borracho. Al año siguiente, Chomón crearía el grupo de los Incoherentes, precursores de los dadaístas y surrealistas, pero se hizo más famoso con su revisión del *Viaje a la Luna* de Méliès bajo el título de *Nuevo viaje a la Luna* (1909).

Los hoteles completamente automatizados pueden ser una pesadilla...

20.000 LEGUAS DE VIAJE SUBMARINO

DE RICHARD FLEISCHER (ESTADOS UNIDOS, 1954)

El seis de octubre de 1863 hizo sus primeras pruebas en el río Charente el *Plongeur*, el primer submarino de la historia en ser propulsado por energía mecánica. Creado por el capitán Siméon Bourgeois y el constructor naval Charles Brun, el *Plongeur* tenía 43 metros de largo y pesaba 420 toneladas, pero sólo se podía sumergir a diez metros bajo el agua. Aunque la profundidad no fuera apoteósica, una copia de *Plongeur* exhibida en la Exposición Universal de París de 1867 captó el interés del escritor Julio Verne, quien se inspiró en el largo submarino para su *Nautilus* de su obra *Veinte Mil leguas de viaje submarino*, novela serializada entre 1869 y 1870 en el periódico *Magasin d'Éducation et de Récréation* y que se considera una de sus mejores obras.

Uno de los libros más conocidos de los *Viajes Extraordinarios* de Verne había visto versiones cinematográficas en 1905, desaparecida y supuestamente dirigida por un trabajador de Edison, Wallace McCutcheon, la versión de Méliès de 1907 y una versión muda de casi dos horas de 1916 de Stuart Panton con Allen Holubar como el capitán Nemo. Pero fue el estudio Walt Disney quien pudo capturar a todo color toda la fascinación científica y steampunk de la novela de Verne con su versión de 1954 interpretada por estrellas de

Hollywood como Kirk Douglas, James Manson o Peter Lorre. Disney quería una película submarina porque los cortometrajes naturalistas de Harper Goff, *True-Life Adventures*, estaban triunfando bastante y no paró hasta hacerse con los derechos de la obra de Verne, en propiedad de otra productora.

El equipo creativo de Disney, con Goff a la cabeza, abandonó la influencia alargada del submarino *Plongeur* más cercano al libro para crear un *Nautilus* más ornamentado considerado un icono cinematográfico desde entonces. Bastante fiel al libro, la película de Richard Fleischer fue la producción más cara de la historia hasta la fecha, ganó dos Oscar aquel año, dirección artística y efectos especiales, y fue un éxito de taquilla, alimentando las fantasías victorianas de millones de espectadores desde el día de su estreno. Lástima que el verdadero diseñador del Nautilus, Harper Goff, no pudiera recibir su premio de la Academia al no estar acreditado por no ser miembro del sindicato estadounidense de directores de arte.

Disney marcó la pauta de la estética steampunk con esta película.

UNA INVENCIÓN DIABÓLICA

DE KAREL ZEMAN (CHECOSLOVAQUIA, 1958)

Existen pocos directores en la historia del cine cuyo nombre esté tan estrechamente relacionado con el mundo steampunk, fantástico y aventurero creado por Julio Verne como el animador y director checo Karel Zeman, quien revisitó bastantes *Viajes Extraordinarios* del novelista galo como *Viaje a la prehistoria* (1955), inspirada en *Viaje al centro de la Tierra*, *Dos años de vacaciones* (1966), o *The Stolen Airship*, de la misma novela de 1888, u *On the Comet* (1970), inspirada en *Off on a Comet* de 1877. Pero su creación más recordada es el gran megamix verniano que es *Vynález zkázy*, conocida como *Una invención diabólica* y comercializada por la Warner en 1961 con el acertado título de *The Fabulous World of Jules Verne*.

Zeman era un maestro del cine de animación checoslovaco que mezclaba en sus películas técnicas de animación stop-motion con actores reales. A finales de los años cincuenta su cine era tan mágico y maravilloso como el de Méliès de principio de siglo. Aunque su segunda película dedicada a Verne tuviera su inspiración en *Ante la bandera* (1896), otra fábula antimilitarista del escritor francés con un arma del juicio final llamada el Fulgurador Roch,

Una invención diabólica crea una especie de Verneverso donde también están el *Nautilus de Veinte mil leguas de viaje submarino*, el *Albatros* de *Robur el conquistador* y un final digno de *La isla misteriosa*.

Esta producción checa llegó a Estados Unidos como *El maravilloso mundo de Julio Verne*.

No sólo Méliès se cuela en la inspiración, el blanco y negro de la etapa alemana de Fritz Lang o el poder icónico de Serguéi Eisenstein influyen en una película considerada una obra maestra de la animación. Pero lo que realmente convierte a esta película de Zeman en un festival steampunk es que el director y su equipo artístico se inspiraron en los grabados originales de los libros de Verne de artistas como Léon Benett o Édouard Riou. No sería la única vez que mimetizaría el arte del siglo XIX con sus películas. En *Baron Prášil* (1961), Zeman realizó su personal versión del *Barón de Münchhausen* con los grabados de Gustave Doré, mientras que en *Dos años de vacaciones* se inspiró en el estilo art nouveau y la Exposición del centenario de Praga de 1891. La imaginación de Zeman vivía en el siglo XIX y en sus maravillas.

EL TIEMPO EN SUS MANOS

DE GEORGE PAL (ESTADOS UNIDOS, 1960)

Junto a Verne, la ciencia ficción de Herbert George Wells es la materia mágica de la que están hechas las fantasías steampunk, y el séptimo arte ha revisitado una y otra vez sus novelas. Aunque Wells había inspirado pesadillas como las diversas versiones de *El hombre invisible* o *La isla del doctor Moreau*. Su fábula sobre la decadencia de la raza humana ya había tenido una versión realizada para televisión en 1949 con Russell Napier haciendo del viajero temporal montado en una motocicleta sin ruedas blanca demasiado poco icónica y recordable. Tendría que venir la Metro-Goldwyn-Mayer en 1960 para rodar a todo Metrocolor el clásico de Wells *La máquina del tiempo* (1895).

En vez de recurrir a un director experto en drama, la Metro contrató a un maestro de la animación stop-motion, George Pal, un exiliado húngaro que había sido nominado a mejor cortometraje de animación durante siete años seguidos (1942-1948), recibiendo un oscar honorífico en 1944. Pal supo darle un toque personal, imitado muchas veces después, de viaje en el tiempo pasando el lapso de tiempo a cámara rápida, aunque en realidad se trate de *stop-motion*, donde vemos el paso destructivo del tiempo. También introdujo temas de actualidad en la trama como las dos guerras mundiales o el pronóstico de una tercera de carácter nuclear.

Pero lo que convierte a *El tiempo en sus manos* en una delicia no es el diseño de los temibles morlocks de Wah Chang ni el toque prehippie de los eloi, sino el diseño de la máquina del tiempo obra del director de arte Bill Ferrari: una especie de trineo victoriano con un gran disco giratorio mecánico detrás que daba la sensación de ser un reloj giratorio y un gran disco solar. Pal, Chang y Ferrari introdujeron un toque metaliterario al llamar George al desconocido viajero del tiempo de la novela y poner una pequeña placa de latón en el panel de instrumentos de la máquina con el nombre de H. George Wells, mimetizando al viajero protagonizado por Rob Taylor con el propio escritor de Bromley. La máquina del tiempo de Ferrari es una de las creaciones más icónicas de la historia del cine y de la ciencia ficción. Una réplica dorada se otorga en el Festival de Cine de Sitges en reconocimiento de una prolífica carrera en el ámbito cinematográfico.

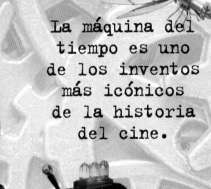

La máquina del tiempo es uno de los inventos más icónicos de la historia del cine.

EL AMO DEL MUNDO

DE WILLIAM WITNEY (ESTADOS UNIDOS, 1961)

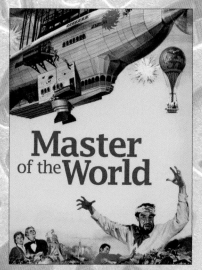

Una de las últimos *Viajes Extraordinarios* de Julio Verne fue la segunda parte de *Robur el conquistador* (1886), *Dueño del mundo* (1904), escrita y publicada cuando su diabetes ya estaba mermando su salud. Mucha gente considera a Robur un Nemo del aire, cambiando el submarino *Nautilus* por la nave aérea *Albatros*, pero Verne le dedicó dos novelas a este adelantado ingeniero estadounidense, aunque la última fuera en su etapa más pesimista y oscura, poco antes de su fallecimiento. El Robur investigador de la primera novela ha cambiado en la segunda, convirtiéndose en un villano vengativo, en el típico mad doctor que pueblan muchas fantasías steampunk literarias o cinematográficas.

El concepto de mad doctor o villano científico es el que el director William Witney usó en *Master of the World*, película creada a rebufo de la exitosa versión de *La vuelta al mundo en 80 días* (1956) de Michael Anderson. Para ello, nada mejor que contar con un actor villano de altura, Vincent Price, quien venía de rodar su primer Poe con Roger Corman en *La caída de la casa Usher* (1960). Su contrapartida sería el pétreo, pero joven por entonces, Charles Bronson, quien había protagonizado alguno de los wésterns dirigidos por William Witney. *El amo del mundo* podría haber sido una buena película, pero es hija de su tiempo y de su presupuesto, tan bajo para la época que el director tuvo que aprovechar diversos metrajes de otras películas para estirar la trama.

Charles Bronson contra Vincent Price en una nave aérea imposible.

Quizá lo más conseguido sea la maqueta del *Albatros* y su sólida presencia en imagen, obra de artistas como Wah Chang y Gene Warren, quienes acabarían en la serie televisiva *Star Trek* (1966-1969). Chang es el inventor del muy steampunk tricorder de la serie. El *Albatros* es un dirigible que se mueve horizontalmente y verticalmente gracias a sus cientos de hélices de helicóptero, siempre en movimiento. Lástima que el interior de la increíble nave de Robur esté reducido a tres míseros escenarios que los protagonistas recorren una y otra vez a lo largo del metraje.

LA GRAN SORPRESA

DE NATHAN JURAN (REINO UNIDO, 1964)

Había vida en la luna, pero un resfriado acabó con ella.

En la década de los sesenta, una nave espacial de la ONU se posó sobre nuestro satélite. Allí descubren, atónitos, una bandera del Reino Unido y un papel en el que se reclama la luna para la reina Victoria. *Los primeros hombres en la Luna* (1901) de H. G. Wells es uno de sus libros más críticos con el imperialismo decimonónico. Comparte muchos puntos en común con *La guerra de los mundos* (1898), sobre todo en el inevitable choque entre civilizaciones, como la humana y la selenita, los insectoides habitantes del subsuelo de la Luna.

Los desagradables selenitas y la animación de un viaje a la luna fueron determinantes para que el experto en *stop-motion* Ray Harryhausen llamara al experto director Nathan Juran, con el que ya había trabajado en *La bestia de otro planeta* (1957) y *Simbad y la princesa* (1958). Junto al guionista Nigel Kneale, convirtieron la obra lunar de Wells en un festival de monstruos y fantasía de serie B muy divertida y emocionante, sobre todo gracias al papel del divertido actor británico Lionel Jeffries como el doctor Joseph Cavor, un excéntrico inventor de un material que anula la ley de la gravedad con lo cual le permite flotar y escapar de la gravedad del planeta Tierra. En un alarde de humildad infinita decide llamar «cavorita» al nuevo elemento. Junto al empresario Arnorld Bedford y su prometida

Katherine Callender, realizan un viaje a la Luna a bordo de una nave cilíndrica recubierta de cavorita y sellada al vacío. Pronto descubrirán que la luna ya estaba habitada.

Rodada cinco años de la primera llegada del hombre a la Luna, la propia NASA usó escenas de la película en el alunizaje real de las primeras escenas de la década de los sesenta de la película. Harryhausen utilizó toda su imaginación con los selenitas insectoides, el cerebro del Gran Lunar o las extrañas vacas lunares con forma de oruga, pero se inspiró en los dibujos originales de la primera edición del libro de Wells para diseñar la extraña nave redonda de cavorita. Aunque actualmente parezca una obra menor de Harryhausen, el uso colorido de las cámaras Panavision le dan un toque surrealista excelente.

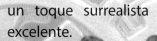

LA CIUDAD DE ORO DEL CAPITÁN NEMO

De James Hill (Reino Unido, 1969)

El cine ya había usado al infame terror de los siete mares en dos versiones de los dos libros en los que aparece, *20.000 leguas de viaje submarino* (1954) y *La isla misteriosa* (1961), dirigida por Cy Endfield, pero con *La ciudad de oro del Capitán Nemo* se da el caso extraño para la época de aprovechar una creación de Julio Verne para darle más vida en el cine ajeno a la obra literaria del autor francés. La película nació en la imaginación de Roger Corman, quien quería sacar adelante un proyecto titulado *Capitán Nemo y la isla flotante*, pero al no encontrar financiación sirvió de inspiración al productor Steven Pallos quien buscaba un proyecto influido por los documentales submarinos de Jacques Costeau.

El cine ya había visto largas secuencias submarinas en películas como la propia versión del primer libro de Nemo de la Disney, *La ciudad sumergida* (1965) de Jacques Tourneur, con la que este film tiene bastantes puntos en común, o *Thunderball* (1965) de la saga James Bond, pero con este film, dirigido por James Hill, quien ya venía de navegar en aguas victorianas con la muy recomendable *Estudio de terror* (1965), la primera vez que se enfrentaban en el cine Sherlock Holmes y Jack el Destripador, se tenía que inventar desde cero cómo podría sobrevivir una sociedad en una ciudad submarina con la ciencia de la época victoriana.

Los guionistas Pip y Jane Baker, conocidos por su trabajo en *Doctor Who*, tuvieron que idear una ciudad submarina desde cero. Aunque no lo digan con ese nombre en la película, la ciudad submarina está alimentada con potencia nuclear, algo inédito a finales del siglo XIX. El título de la película en castellano es porque la ciudad llamada Templemer está construida enteramente de oro, sacado de los buques hundidos a lo largo del Atlántico y el Pacífico. La película es una de las primeras producciones cinematográficas que abraza sin complejos la fantasía victoriana, convirtiéndose en una de las primeras películas cercanas al concepto del steampunk, adelantándose dieciocho años a la palabra. Como curiosidad, se trata del primer acercamiento visual de Nemo a su pasado hindú con una fuente de cerveza, fermentada con algas, que es una estatua de la diosa Kali.

Nemo vivió su retorno dorado en la gran pantalla.

93

ASFIXIA

DE PETER NEWBROOK (REINO UNIDO, 1973)

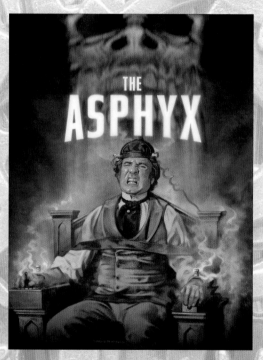

The Asphyx es una de esas películas que no salen en casi ninguna lista de películas claves del steampunk y sin embargo es una pequeña joya del terror británico de los setenta que no venía de la factoría Hammer, casi omnipresente en aquella década. Quizá fuera debido a que se trataba de una película cuyos guionistas sólo participaron en ese corte, historia de Christina y Laurence Beers con guion de Brian Comport, y se trata del único film que dirigió Peter Newbrook, conocido como director asistente de David Lean en películas titánicas como *Lawrence de Arabia* o *El puente sobre el río Kwai*.

Un noble británico, sir Hugo Cunningham, inventa un cinematógrafo décadas antes de la patente original del kinetoscopio de Thomas Edison o la cámara de los Lumière. Un día feliz de campo se convierte en tragedia al morir en un accidente su hijo y la prometida de éste. Cunnigham lo estaba grabando todo y capta un fantasma flotando sobre el cadáver de su hijo, una especie de parca al que llaman el Asphyx, una oscura fuerza de la mitología griega. Obsesionados con capturar este espíritu de la muerte, Cunningham y su ahijado Giles dedicaran todos sus esfuerzos científicos hasta acabar en una locura destruyendo a su propia familia. Para capturarlo, inventan un foco fabricado con piedras de fósforo.

The Asphyx es la clásica película de científico loco de película de terror, pero la clásica cámara de Newbrook y, sobre todo, la bella y lograda cinematografía de Freddie Young, director de fotografía de David Lean, ganador de tres Oscar, la convierten en una película muy seria y dramática, alejada de los efectismos de la Hammer o los relatos de Poe de Roger Corman. Tiene escenas escalofriantes muy bien logradas, como el momento en que el público de un ahorcamiento puede ver al Asphyx con el foco de Cunningham o la larga y angustiosa escena de la decapitación de la hija del noble. La película contó con Robert Stephens como sir Hugo, quien venía de hacer del Sherlock Holmes de *La vida privada de Sherlock Holmes* y el joven Robert Powell, años antes de ser el Jesús de Nazaret de la miniserie televisiva de Franco Zeffirelli.

Científico descubre cómo capturar a la misma Muerte.

LOS PASAJEROS DEL TIEMPO

DE NICHOLAS MEYER (ESTADOS UNIDOS, 1979)

Aunque actualmente el nombre de Nicholas Meyer esté más vinculado al universo trekkie, dirigiendo películas como *Star Trek II: La ira de Khan* (1982), *Star Trek VI: Aquel país desconocido* (1991) y trabajando en el guion de *Star Trek IV: Misión salvar la Tierra*, se hizo famoso en 1974 con un libro en el que Sherlock Holmes intentaba curarse de su adicción a la cocaína con la ayuda del doctor Sigmund Freud. *The Seven-Per-Cent Solution* fue un éxito literario y Herbert Ross lo llevó al cine en 1976 con guion del mismo Meyer, bajo el título en castellano de *Elemental, doctor Freud*.

Tras escribir otra novela de Holmes, *The West End Horror* (1976), su amigo Karl Alexander le pasó 55 páginas de la nueva novela que estaba escribiendo para que le hiciera una crítica. La historia se titulaba *Time After Time* y trataba sobre H. G. Wells, uno de los novelistas claves del steampunk inventando una máquina del tiempo, como en su libro. Pero esa máquina era utilizada por su amigo el doctor John Leslie Stevenson, más conocido en el mundo del crimen como Jack el Destripador, para huir al futuro perseguido por la policía. Wells tendrá que perseguirlo hasta el San Francisco de finales de los años setenta para pararle los pies. Meyer se enamoró de la historia y la desarrolló en un guion con el que hizo su debut como director.

El asesino real llamado Jack ya había luchado dos veces en el cine contra Sherlock Holmes en dos películas como *Estudio de terror* (1965) y *Asesinato por decreto* (1979), pero enfrentarlo contra uno de los padres de la ciencia ficción moderna es un espectáculo cinematográfico delicioso. Al contrario que la icónica versión de *El tiempo en sus manos*, la máquina del tiempo de la película de Meyer es bastante más del siglo XX que del XIX. Sin embargo, en la versión televisiva de la ABC de 2016, que sólo duró cinco episodios, la máquina es una caja ovalada acristalada de aires muy victorianos. Malcolm McDowell, buscando el realismo en su actuación, halló grabaciones antiguas de Wells para imitar su manera de hablar, pero desistió cuando escuchó que Herbert, en realidad, tenía una voz nasal y aguda con mucho acento del sur de Londres.

Jack el Destripador en el San Francisco de los años setenta.

97

SHERLOCK HOLMES

DE HAYAO MIYAZAKI (JAPÓN-ITALIA, 1984)

Tras el éxito de la serie de animación para la cadena NHK, *Conan el niño del futuro* (1978), la versión de *Ana de las tejas verdes* (1979) y su debut como director de largometrajes de anime con *El castillo de Cagliostro* (1979), el maestro de los dibujos animados japonés Hayao Miyazaki buscaba otro proyecto alejado de Nippon Animation y Telecom Animation Film. Lo encontró en TMS, Tokyo Movie Shinsha, productora de *La isla del tesoro*, *Lupin III* o *La rosa de Versalles*, quienes habían llegado a un acuerdo con la RAI italiana para producir una serie de animación antropomórfica sobre Sherlock Holmes.

Miyazaki trabajó por primera vez con el guionista Sunao Katabuchi, con quien volvería a contar para *Nausicaä del Valle del Viento* (1984), y los guionistas italianos Marco y Gi Pagot desarrollando diferentes casos de Sherlock Holmes enfrentándose en cada capítulo a su archienemigo el profesor Moriarty. Miyazaki, hijo de ingenieros aeronáuticos, volvió a introducir naves imposibles como en *Conan*. Holmes no se traslada en carruaje de caballos por las calles de Londres como sus contemporáneos, sino en un automóvil parecido al modelo Benz Velo de 1894. Miyazaki lo dio todo con los inventos submarinos y aéreos de Moriarty, siempre adelantados al primer vuelo del Flyer de los hermanos Wright de 1903. Moriarty era un genio, sí, pero siempre fallaba en sus planes por la constancia de Holmes y Watson o la poca pericia de sus secuaces Smiley y George. Otro homenaje steampunk metaliterario era la aparición de Julio Verne en algunos capítulos.

Todos los personajes eran perros menos Sherlock, que era un zorro rojo. Watson era un terrier escocés y Moriarty era un gran lobo gris. Lestrade, por supuesto, era un bulldog, el perro favorito de la policía inglesa. La producción se inició en 1981, con Miyazaki dirigiendo los trepidantes seis primeros capítulos de la serie, pero se tuvo que parar por problemas con la propiedad intelectual de los derechos de sir Arthur Conan Doyle. Cuando al final se pudo retomar en 1984, Miyazaki ya estaba inmerso en la producción de *Nausicaä* y el resto de los veinte capítulos los dirigió Kyosuke Mikuriya. *Sherlock Holmes, Meitantei Homuzu (Detective Holmes)* o *Sherlock Hound* (sabueso, como se tradujo en Estados Unidos) fue un éxito en todo el mundo y la última serie de animación que dirigió Miyazaki, ya centrado en sus largometrajes y la creación del Studio Ghibli junto a Isao Takahata y Toshio Suzuki.

El genio Hayao Miyazaki creó al Sherlock Holmes más steampunk de la historia.

EL SECRETO DE LA PIRÁMIDE

DE BARRY LEVINSON (ESTADOS UNIDOS, 1985)

Si Billy Wilder o Nicholas Meyer quisieron darnos su visión cinematográfica y literaria de la aparente misoginia y frialdad del mejor detective de la historia de la literatura, uno de los autores que fueron más allá fue el guionista Chris Columbus, descubierto por Steven Spielberg, quien le pidió los guiones de *Gremlins* (1984) y *Los Goonies* (1985) para su estudio Amblin Entertainment, y que más tarde se haría mundialmente famoso como el director de *Solo en casa* (1990), que catapultó su carrera y la de Macaulay Culkin. Columbus quería hacer una película sobre la juventud de Sherlock Holmes que explicara por qué se convirtió en un hombre tan frío y calculador estando solo casi toda su vida. Spielberg le compró la idea y contrató al sherlockiano John Bennett y al novelista británico Jeffrey Archer para que convirtieran el guion en una experiencia absolutamente victoriana, que reflejara la época todo lo fidedignamente posible.

Para dirigirla se llamó a Barry Levinson, que venía de hacer su segunda película —*El mejor* (1984), film deportivo hecho para el mayor lucimiento de Robert Redford— y le dio un toque muy personal a la escuela donde estudian los jóvenes Holmes y Watson. El propio Columbus recogería más tarde ese toque para sus dos películas de *Harry Potter*, tan cercanas estéticamente a esta cinta. En *El secreto de la pirámide*, que en Inglaterra se llamaría *El joven*

Sherlock Holmes y *La pirámide del miedo*, se dan todos los elementos claves del steampunk: villanos que usan la ciencia para cometer sus fechorías, en este caso una potente droga que produce alucinaciones mortales, máquinas imposibles para la época, como un aeroplano inspirado en los inventos de Leonardo da Vinci, y el aire siempre neblinoso de la gran ciudad de Londres de finales del siglo XIX.

Aunque la película fue un fracaso de taquilla en Estados Unidos, demasiado british para sus cabecitas, se convirtió en un clásico de culto en muchos países de Europa, alimentando entre muchos jóvenes de los ochenta, entre los cuales me cuento, la pasión por la época victoriana y por Sherlock Holmes. Como curiosidad, la película incluye el primer personaje animado generado por computadora, una vidriera de iglesia de un caballero que toma vida, obra de John Lasseter, futuro creador de Pixar.

La juventud del gran detective estuvo marcada por la aventura.

EL CASTILLO EN EL CIELO

DE HAYAO MIYAZAKI (JAPÓN, 1986)

Al principio de este libro hemos hablado de *Los viajes de Gulliver*, una obra satírica cuya influencia se puede rastrear en el steampunk actual, aunque se escribiera en 1726. En el libro, el viajero Lemuel Gulliver visitaba diversos países del Lejano Oriente y Australia como Liliput, Brobdingnag, Laputa, Balnibarbi, Luggnagg, Glubbdubdrib o Houyhnhnms. Lamentablemente, en el cine sólo hemos visto los viajes al país de la gente diminuta de Liliput y la tierra de los gigantes de Brobdingnag, de aires más fantásticos cuando podemos rastrear sólidos primeros rastros de la ciencia ficción más pura en la isla de Laputa.

Miyazaki rompió una lanza por el pobre Jonathan Swift con el considerado primer largometraje del Estudio Ghibli, *Tenku no shiro Rapyuta o Laputa, el castillo en el cielo*. Miyazaki recogió toda la mitología de la isla volante de Swift, como que está creada por unos cristales azules que son manipulados por el hombre, al más puro estilo de la cavorita de *Los primeros hombres en la Luna* de H. G. Wells, pero le dio un empaque completamente diferente. En la película, Laputa formaba parte de una civilización avanzada tecnológicamente que se autodestruyó hace siglos con su gran poder militar. Actualmente sólo sobreviven sus descendientes trabajando la tierra y explotando la minería de carbón. Es una sociedad puramente de la Segunda Revolución Industrial que se mueve por tierra en trenes y vuelan por el aire en grandes dirigibles militares o en pequeñas naves que imitan el vuelo de los anisópteros. El ingeniero aeronáutico que vive dentro del cerebro de Miyazaki disfrutó como un niño pequeño.

La película es, sobre todo, una actualización de su anime *Conan, el niño del futuro* (1978), con un guion casi mimético a la serie. Los niños Pazu y Sheeta son muy parecidos a Conan y Lana: también tienen que evitar fuerzas políticas que quieren aprovecharse de ellos y son ayudados por aliados de dudosa reputación, piratas aéreos en el caso de *Laputa*. Cuando podemos creer que *El castillo en el aire* sucede en un lejano mundo futuro apocalíptico de nuestra Tierra, al final, mientras los títulos de crédito y la música final suenan, podemos ver por la geografía de este mundo que en realidad se trata de otro planeta diferente a nuestro globo terráqueo.

La mítica isla flotante de Jonathan Swift en un mundo steampunk alternativo.

EL JOVENCITO EINSTEIN

DE YAHOO SERIOUS (AUSTRALIA, 1988)

Albert Einstein nació en la ciudad de Ulm en 1879, poco después de la proclamación de Guillermo I como emperador del Imperio alemán, Estado que desapareció al final de la Gran Guerra en 1918. En 1900, con la entrada de siglo, se diplomó como profesor de Matemáticas y Física en la Escuela Politécnica de Zúrich. ¿Y si nada de esto hubiera ocurrido y, en realidad, Albert Einstein hubiera nacido en la isla de Tasmania, a 240 kilómetros al sur de la costa australiana, y fuera el hijo de un cultivador de manzanas?

Ésta, vamos a decirlo claro, ridícula idea se le ocurrió a un joven cineasta de Nueva Gales del Sur llamado Greg Gomez Pead, quien firmaba sus películas como Yahoo Serious, años antes de la existencia del motor de búsqueda de internet. A principio de los ochenta, su idea era hacer una historia falsa sobre el creador del rock'n'roll, que se había inventado en realidad en Australia décadas antes del éxito de Elvis. *The Great Galute* tenía un guion a medias con David Roach, pero la idea fue mutando hasta convertir al genio y físico Albert Einstein en el creador del rock. Por el camino, también crearía la ley de la relatividad, rompería el átomo de la cerveza con un martillo, crearía un violín eléctrico e inventaría el surf… casi nada.

A principios del siglo XX, un joven Einstein descubre alucinado la destilería ilegal de su abuelo. Allí comenzará a hacer sus primeros experimentos hasta que comienza a trabajar en la oficina de patentes de Sídney, donde se ríen de sus ridículos inventos adelantados a la historia. Le roban la idea del barril nuclear, un artefacto explosivo repleto de válvulas y engranajes, encerrándolo en un psiquiátrico, del que podrá huir gracias al poder de su violín eléctrico reconvertido en guitarra. Persigue al ladrón de su fórmula hasta Estocolmo gracias al globo aerostático de la familia Curie y detiene con su guitarra a puro rock la que podría haberse considerado la primera explosión nuclear de la historia. Aunque la broma inicial de ver a un punki y joven Einstein pasa rápido, el primer largometraje dirigido e interpretado por Yahoo Serious pasará a la historia como la primera película puramente steampunk de Australia. Tras tanta fantasía londinense es refrescante ver la visión de un lugar situado en las antípodas del globo terráqueo.

¿Y si el genio de la física alemán hubiera nacido en la isla de Tasmania?

REGRESO AL FUTURO 3

DE ROBERT ZEMECKIS (ESTADOS UNIDOS, 1990)

Otra producción norteamericana completamente olvidada por el fandom steampunk en bastantes listas de mejores películas del género. La tercera parte de la exitosa saga de ciencia ficción de Robert Zemeckis nació en su mente y la del guionista Bob Gale cuando el director de Forrest Gump le preguntó al actor protagonista Michael J. Fox mientras rodaban *Regreso al futuro* (1985) a qué parte del pasado le gustaría viajar en futuras películas. Fox admitió que tenía muchas ganas de rodar un wéstern, de los que ya casi no se hacían en la década de los ochenta. Gale y Zemeckis llevaron la trama de volver desde el Lejano Oeste, físicamente y temporalmente, para una tercera parte tras jugar en el futuro en la segunda parte estrenada en 1989 seis meses antes.

Regreso al futuro 3 devolvía a nuestros héroes Marty McFly y al Doc Emmet Brown al tablero de salida: aunque el DeLorean, el coche que viaja por el tiempo cuando alcanza los 142 km/h, ya no necesite energía nuclear ni un rayo eléctrico, como vimos en la primera película. Cuando Doc viajó al futuro en la segunda parte pudo transformar su máquina y conseguir la energía suficiente para viajar en el tiempo alimentando de basura orgánica el motor del condensador de fluzo. ¿Cómo podían copiar la idea de la primera película si el motor temporal podría funcionar perfectamente en cualquier época? La so-

lución es sencilla y eficaz: rompiendo el depósito de gasolina del coche. Aunque ya se habían hecho experimentos en Alemania con los hidrocarburos a finales del siglo XIX, en el viejo oeste de 1885 no existía la gasolina ni nada que pudiera alimentar el motor de un coche.

Con Doc, un genio de finales del XX en el siglo XIX, cualquier cosa puede ser convertida en un cachivache steampunk, como un rifle con mira telescópica o una gigante máquina de vapor de dos pisos de altura que produce hielo para su té helado. Pero lo más alucinante sigue siendo esa locomotora final convertida en máquina del tiempo voladora que hubiera hecho llorar de alegría al mismísimo H. G. Wells. Otro apunte divertido de la película es que Mary Steenburgen casi repite su papel de *Los pasajeros del tiempo*. En aquella película era una mujer del siglo XX que se enamoraba de un viajero del tiempo del siglo XIX y aquí es una dama del viejo Oeste que se enamora de un hombre de 1985.

En el futuro no necesitas carreteras, pero en el pasado necesitas gasolina...

NADIA

DE HIDEAKI ANNO (JAPÓN, 1990)

La historia de *Fushigi no Umi no Nadia (Nadia y los mares misteriosos)*, titulada en occidente como *Nadia: El secreto de la piedra azul*, es bastante rocambolesca. En un principio nació a finales de los setenta, cuando los estudios de animación de la Toho contrataron a Hayao Miyazaki para hacer una versión animada de *Veinte mil leguas de viaje submarino*, de Verne. La producción no llegó a buen puerto y Miyazaki se llevó sus diseños a su serie *Conan* y la Toho se quedó con el guion. NHK y Toho decidieron llevar adelante la serie a mediados de los ochenta con la participación de los diseños de Hideaki Anno y el Estudio Gainax. Anno, quien venía de dirigir el primer gran éxito de la compañía, la miniserie de mechas *Gunbuster* (1988), realizó un trabajo sublime tanto en el storyboard como en el diseño de personajes y de naves, pero la obra fue un gran fracaso para Gainax por una mala negociación de presupuestos con NHK.

La serie está ambientada en 1889, donde una niña morena misteriosa de catorce años que trabaja como trapecista en un circo de París es perseguida por un grupo de ladrones de joyas que quieren su extraña gema llamada agua azul. Un joven inventor llamado Jean le ayudará a escapar con su motocicleta de una sola rueda siendo perseguido por un tanque con ruedas en plena calle. Jean podrá poner a su nueva amiga Nadia a salvo gracias a su aeroplano, pero se estrellan en el Atlántico, donde son salvados por el *Nautilus* del capitán Nemo. Con el tiempo descubren que la joya de Nadia tiene relación con la antigua Atlantis.

En tan sólo 39 episodios, Anno y Shinji Higuchi, quien dirigió los últimos 17 capítulos, produjeron una de las series de animación sobre fantasías victorianas más impresionantes de la época, aunque la serie no llegó a triunfar en Estados Unidos hasta 1999, cuando se licenció entera para ser traducida al inglés. Con el

El secreto de la Atlántida es codiciado por todos.

tiempo, se ha considerado una de las grandes series de culto de la historia del anime y un vehículo ideal para que los jóvenes se acerquen a Julio Verne y al mundo steampunk. Hideaki Anno y el Estudio Gainax pudieron recuperar el dinero con su siguiente producción, *Neon Genesis Evangelion*, una serie de culto en todo el mundo.

LA CIUDAD DE LOS NIÑOS PERDIDOS

DE JEAN-PIERRE JEUNET Y MARC CARO (FRANCIA, 1994)

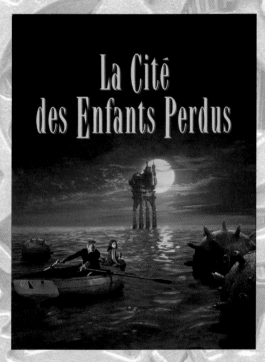

El matrimonio fílmico compuesto por el director del valle del Loira Jean-Pierre Jeunet y el ilustrador y diseñador de Nantes Marc Caro había triunfado en todos los festivales fantásticos de medio mundo con su personal *Delicatessen* (1991), una comedia negra sobre una Francia postapocalíptica donde un carnicero asesina a sus huéspedes para vender carne fresca en su establecimiento. En *Delicatessen* había humor, circo, Sweeney Todd, mucho de Terry Gilliam y algo de Tim Burton, una mezcla que encandiló al público. Su siguiente proyecto sería mucho más ambicioso al mezclar en una sola película a un villano científico al más puro estilo mad doctor victoriano y un ambiente steampunk digno del Londres miserable de las novelas de Charles Dickens. En una ciudad portuaria de una época indeterminada de la historia, los niños son secuestrados por la banda de los Cíclopes, ciegos que pueden ver gracias a una vetusta tecnología de cámara rudimentaria, para ser llevados a una plataforma petrolera donde trabaja Krank, un ser que se rebeló contra su padre científico y no puede soñar, cosa que le está produciendo un envejecimiento prematuro. Vive en la plataforma con seis clones tontos, una enana llamada Martha y un cerebro que vive en un tanque de agua al que llaman tío.

La ciudad de los niños perdidos es una de las películas de culto fantásticas francesas, un film que recoge todo el espíritu victoriano de la explotación capitalista de la Segunda Revolución Industrial, con niños obligados a trabajar, esclavizados o, directamente, forzados a robar por las dueñas siamesas de un hospicio de huérfanos al más puro estilo Fagin de *Oliver Twist* (1837). Marc Caro diseñó un mundo de hierro oxidado por el salitre y calles serpenteantes con bares de mala muerte donde predomina el color verde, cinco años antes de *The Matrix* (1999). Destaca, sobre todo, esa plataforma petrolífera repleta de salas al más puro estilo Julio Verne y su Nautilus, el loquísimo invento de Krank para infiltrarse en el sueño de los niños, e Irvin, y el cerebro siempre con jaqueca que no quiere seguir ayudando al villano Krank a seguir cometiendo sus fechorías. Dominique Pinon se multiplica por seis y Ron Perlman continúa con su carrera en películas frikis de culto como *En busca del fuego* (1981), *El nombre de la rosa* (1986) o *Cronos* (1993) de Guillermo del Toro, película también cercana al steampunk.

¿Qué alma desarmada robaría los sueños a los niños?

WILD WILD WEST

DE BARRY SONNENFELD (ESTADOS UNIDOS, 1999)

Entre 1965 y 1969, los niños americanos se pegaban a la tele para ver las aventuras de los agentes del servicio secreto James West y Artemus Gordon a las órdenes del presidente Ulysses Grant en la Norteamérica de 1870. La diferencia entre esta serie y cualquier wéstern televisivo de la época es que West y Gordon estaban más cercanos al cine de espías y gadgets de James Bond que al cine de John Ford. West era el espía guapo y resolutivo, siempre a punto para la acción, mientras que Artemus era como Q, siempre armado con ingenios imposibles para resolver los complicados casos y vencer al insistente Dr. Miguelito Quixote Loveless, un genio enano megalomaníaco. La serie volvería en forma de film para televisión en 1979 y 1980, pero sería la película de Barry Sonnenfeld de 1999 quien diera a conocer a estos personajes en todo el mundo.

Wild Wild West vuelve a reunir a James West (Will Smith) y Artemus Gordon (Kevin Kline), pero el primero es un capitán afroamericano héroe de la Guerra Civil siempre con el revólver a mano y el segundo es un petulante agente secreto con métodos parecidos a los de Sherlock Holmes. Juntos deberán limar asperezas y salvar a Estados Unidos de los inventos imposibles del doctor Arlis Loveless (Kenneth Branagh), un científico que trabajaba para la Confederación quedando minusválido en la Guerra Civil trasladándose en una silla de ruedas automática a vapor. Entre sus mortales inventos se encuentra un

tanque anfibio armado con metralletas y lanzallamas capaz de diezmar a un ejército entero, una guillotina volante guiada por potentes imanes instalados como collares en la cabeza y, sobre todo, una gigantesca araña de metal gigante alimentada con vapor que puede destruir ciudades enteras.

Esta producción de Jon Peters, obsesionado con las arañas según el director Kevin Smith, y Barry Sonnenfeld fue una de las primeras películas que abrazaron el término *steampunk* como base de su producción y promoción, pero resultó un pequeño fracaso de taquilla debido a su carísima inversión de 170 millones de dólares. El humor de Will Smith se vuelve bastante indigesto a lo largo de todo el metraje, francamente.

La primera película steampunk consciente de serlo.

ATLANTIS: EL IMPERIO PERDIDO

DE GARY TROUSDALE Y KIRK WISE (ESTADOS UNIDOS, 2001)

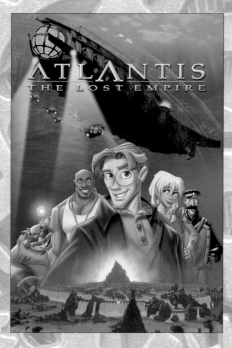

Hace ocho mil años, un gigantesco tsunami hundió la ciudad de Atlantis, muy adelantada a otras civilizaciones de la época gracias a su tecnología y la energía de unos cristales azules. En 1914, Milo Thatch, un lingüista del Instituto Smithsoniano de Estados Unidos, es contratado por el millonario Preston B. Whitmore para unirse a una expedición en búsqueda de la ciudad perdida de Atlantis. Para ello cuentan con un gran submarino que los llevará a las profundidades marinas con vehículos capaces de perforar la tierra. Pero son atacados por un gigante Leviatán mecánico que deja a la expedición bastante mermada. Cuando llegan a Atlantis atravesando grandes cuevas submarinas, su sorpresa será mayúscula al encontrar a los supervivientes de hace miles de años que todavía se mantienen jóvenes.

Aunque el Estudio Disney tiene ciento de películas de ciencia ficción en imagen real, la 41 película de animación oficial del estudio es la primera película de ciencia ficción animada. Tras *El jorobado de Notre Dame* (1996), productores y directores querían hacer una película alejada del musical e inspirada en *Veinte mil leguas de viaje submarino* de Julio Verne. El mito de la Atlántida, que también sale en el libro del autor de Nantes, conquistó la imaginación de

Gary Trousdale y Kirk Wise, centrando su nueva película en los escritos de Platón. Como filosofía de la película, el equipo de producción llevaba camisetas con el lema «Atlantis: menos canciones y más explosiones». Dos personas fueron clave para el desarrollo de la historia. El lingüista Marc Okrand, creador del idioma klingon de *Star Trek* y creador de un idioma atlante. Los diseñadores de personajes llegaron a inspirarse en él para el perfil de Milo. La otra persona es el autor de cómic Mike Mignola, quien proporcionó guías de estilo y diseños alejando esta película del típico perfil de cinta Disney.

A pesar de que *Atlantis: El imperio perdido* podría ser considerada una producción dieselpunk, pues su acción transcurre en 1914, el espíritu de la aventura es puramente vernesiano y muy steampunk, aunque también tenga influencias de la literatura pulp de los años treinta y de Indiana Jones. Destacamos, sobre todo, ese gran submarino Ulysses creado por Greg Aronowitz que los artistas de la película animaron en 3D creando secuencias submarinas vibrantes y repletas de acción.

En las profundidades atlánticas se encuentra el secreto de la vida eterna.

VIDOCQ

DE PITOF (FRANCIA, 2001)

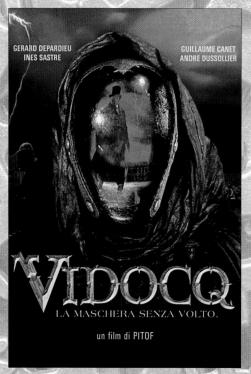

Eugène-François Vidocq (1775-1857) fue el primer director de la Seguridad Nacional francesa y uno de los primeros investigadores privados de la historia. Tras la Revolución francesa se hizo un criminal, ladrón y contrabandista, pero fue amnistiado en mayo de 1809, convirtiéndose en policía infiltrado. Nada mejor que un ladrón para atrapar a otro ladrón. Su figura fue tan grande que inspiró los dos protagonistas de *Los miserables* de Victor Hugo así como algunos cuentos de Edgar Allan Poe y Honoré de Balzac. Aparte de escribir al final de su carrera varias novelas basándose en sus experiencias como criminal y detective, también fue uno de los grandes precursores de la criminología moderna. Con el tiempo, Vidocq se ha convertido en uno de los grandes referentes en los detectives steampunk en todo tipo de ficción, aparte del mítico Sherlock Holmes, por supuesto.

No tardaría el bueno de Eugène-François en tener su propia película steampunk con guion del artista digital Pitof y Jean-Christophe Grangé. Tras la estela del cine de Jeunet-Caro, con los que había trabajado, y el éxito del *The Matrix* de las Hermanas Wachowski, Pitof realizó una película muy barroca, la primera que se rodó casi enteramente con tecnología digital. El film está construido sobre un largo flashback en el que el periodista Boisset (Guillermo

Canet) en el París de 1830, en plena revolución de Julio, la del cuadro de Eugène Delacroix, intenta averiguar qué ha pasado con el último caso de Vidocq (Gérard Depardieu), asesinado por un extraño luchador con capa que lleva una máscara de espejo. El misterioso enmascarado, llamado el Alquimista, secuestraba jóvenes a las que desangraba para crear un elixir de la eterna juventud, una operación financiada por tres nobles parisinos.

Pitof, cuyo verdadero nombre es Jean-Christophe Comar, venía del mundo de los efectos especiales y su pericia como narrador y director dejaba bastante que desear, cosa que pudo comprobar todo el mundo en su posterior *Catwoman* (2004). Pero gracias a la ayuda de Marc Caro como diseñador de producción pudo crear un París oscuro, barroco y asfixiante, casi infernal, como la guarida del Alquimista, más parecido a una sala de tortura de los cenobitas de *Hellraiser* que a un laboratorio de mediados del siglo XIX.

El detective que inspiró a Auguste Dupin se enfrenta a la Muerte.

LA MÁQUINA DEL TIEMPO

DE SIMON WELLS (ESTADOS UNIDOS, 2002)

A principios del siglo XXI, DreamWorks decidió revisitar la novela de viajes temporales de H. G. Wells, aunque también tuvo en cuenta la película de David Duncan de 1960, que en España se tituló *El tiempo en sus manos*. Para hacer la experiencia más promocional y atractiva contrataron al inexperto Simon Wells, bisnieto del mismísimo Herbert George, para rodar la película. Wells era director de animación y había participado como codirector de *El príncipe de Egipto* (1998), también de DreamWorks. *The time machine* sería su única grabación con actores reales y no volvería a dirigir una película hasta *Marte necesita madres*, en 2011. Wells sufrió un ataque de agotamiento extremo durante el rodaje y la producción llamó a Gore Verbinski para que se encargara de los últimos 18 días de rodaje.

La nueva versión de la novela de Wells cambia el principio conocido por todos. Ahora el inventor de la máquina es el Dr. Alexander Hartdegen (Guy Pierce), un profesor de la Universidad de Columbia de la Nueva York de 1899 que pierde a su prometida Emma, asesinada por un ladrón. Alexander inventa una máquina para volver al pasado y salvarla, pero Emma fallece de otra manera, y es imposible cambiar el pasado. El inventor decide viajar al futuro, hasta 2030, para ver si la humanidad ha avanzado con el viaje en el tiempo, pero allí un bibliotecario holográfico le cuenta que viajar en el tiempo es imposible. En 2037, la Luna destruye parte de la Tierra y el viajero acaba en el

16 de julio de 802701, donde conoce a los eloi y a los morlocks. La diferencia entre estos eloi y los de la novela y la película de los sesenta es que estos tienen una civilización propia y no son simples corderos amaestrados. También existe un Übermorlock (Jeremy Irons), un ser telépata capaz de contestar las preguntas científicas de Alexander. El inventor no puede salvar a Emma porque inventó la máquina para volver a salvarla, pero aún puede salvar a los eloi y a su amiga Mara.

Esta nueva versión de la excelente novela de Wells es una película de acción bastante simpática con un ingenio temporal inspirado en el de 1960 aunque más sofisticado. Ahora la máquina crea una burbuja temporal a su alrededor mientras el tiempo se desplaza a cámara rápida fuera de ella. Lo más significativo es su control temporal dorado, repleto de engranajes y números parecida a la máquina calculadora de Shickard. También destacan los nuevos morlocks creados por el estudio de Stan Wiston, mucho más parecidos a un animal.

Nadie mejor que un familiar de H. G. Wells para dirigir su obra maestra.

LAST EXILE

DE KOICHI CHIGIRA (JAPÓN, 2003)

Los jóvenes Claus Valca y Lavie Head, dos mensajeros de vanship, se encontrarán en medio de una guerra entre las naciones de Anatoray, Disith y Guild en el planeta de Prester cuando ayudan a un maltrecho piloto militar de vanship para que lleve a una niña hasta el Silvana, una nave de la flota imperial de Anatoray comandada por Alex Rowe, quien quiere algo de la misteriosa niña Alvis Hamilton, la llave para encontrar la temida nave llamada Exile.

Last Exile es una serie de anime japonesa que se creó para celebrar el décimo aniversario de la productora Gonzo. Dirigida y escrita por el director Koichi Chigira, el anime es una mezcla de steampunk y dieselpunk en un entorno completamente extraterrestre. Todo el diseño de producción y diseño lo hizo Range Murata, quien ya había trabajado en *The Animatrix* y *Blue Submarine n.º 6*. A Murata se le dio carta libre para diseñar el mundo de Prester y su obsesión y detallismo llegó a desesperar a los animadores. Su obsesión se nota, sobre todo, en el diseño de vestuario, con el que llegó a diseñar las máquinas de coser que crearían esos trajes ficticios. Parte de las influencias del anime las encontramos en los uniformes del ejército francés y en los soldados de la Guerra de Secesión estadounidense para los mosqueteros de Anatoray; partes de acorazados y zepelines de principios de siglo XX; y un toque entre victoriano británico obrero y el arte del Imperio alemán (1871-1918).

Los increíbles vanships, las naves voladoras de Prester, son un prodigio del diseño, a medio camino entre los primeros coches de 1900 con un aire muy art decó que hubieran emocionado al mismísimo Howard Hugues. Estos diseños entrarían más en el mundo del dieselpunk si no fuera porque la tecnología de Prester no es ni el carbón ni el petróleo, sino un líquido de color azul llamado claudia que permite a las naves vencer la gravedad sin hélices ni propulsión a chorro. Con una buena unidad claudia, los vanships pueden alcanzar velocidades bastante rápidas. Este elemento antigravitatorio es parecido a la cavorita de *Los primeros hombres en la luna* de H. G. Wells, cosa que le acerca más a la fantasía victoriana que a la tecnología dieselpunk.

Naves imposibles en un anime steampunk de lujo.

LA LIGA DE LOS HOMBRES EXTRAORDINARIOS

DE STEPHEN NORRINGTON (ESTADOS UNIDOS, 2003)

La versión cinematográfica del cómic steampunk de Alan Moore y Kevin O'Neill estuvo marcada por el desastre desde el primer minuto. Entre las malas decisiones que se tomaron estuvo la de pagar 17 millones a Sean Connery para interpretar a Allan Quatermain. Tal dispendio impidió fichar a ningún otro actor medio famoso y determinó una reducción visible en el CGI de la película, que costó 78 millones de dólares y recaudó 180 en todo el mundo, pero fue un dolor de cabeza para su director, sobre todo porque no se llevaba bien con la estrella principal, quien también era productor ejecutivo de la cinta. Además, hubo bastantes reescrituras del guion durante el rodaje, siempre por culpa de los ejecutivos de la Fox.

Una de las decisiones más discutibles del libreto es que Mina (Peta Wilson), de *Drácula*, no comanda la Liga y queda relegada a florero vampiresa mujer. Para el resto del reparto se contó con Naseeruddin Shah como Nemo; Jason Flemyng como Henry Jekyll, y un horroroso Edward Hyde; y Tony Curran como Rodney Skinner, un ladrón hombre invisible y no *El hombre invisible* de H. G. Wells porque no tenían los derechos para el cine. Lo extraño fueron las nuevas incorporaciones. Stuart Townsed como Dorian Gray de *El retrato de Dorian Gray* (1890) de Oscar Wilde porque hacía falta escenas de ligoteo con Mina y lo de un señor muy mayor como Connery correteando con una

inmortal, como en el cómic, no debieron de verlo muy claro. Y, para contentar al público norteamericano, Shane West como un crecidito Tom Sawyer, agente de la CIA, de *Las aventuras de Tom Sawyer* (1876) de Mark Twain.

Para estar situada la historia en 1899, Nemo tiene un submarino y un coche que parecen sacados de 1930. La Fox le llamó dieselpunk en vez de steampunk, porque ni en los mejores sueños de Julio Verne se hubiera imaginado un *Nautilus* como el del Príncipe Dakkar de la película. Un terrorista llamado el Fantasma está enfrentando a alemanes e ingleses en ataques en sus respectivas capitales haciendo creer que unos atacan a otros. Se crea la Liga para frenarlo, pero en realidad todo es un complejo plan de Moriarty para robarle los poderes a la Liga (vampirismo de Mina, tecnología de Nemo, la fórmula de Jeckyll y la invisibilidad de Skinner) y crear superejércitos con ellos. Historia que no tiene mucho que ver con el cómic original y que Warner copiará sin elementos sobrenaturales en *Sherlock Holmes: Juego de sombras* (2011).

La última película de Sean Connery fue una fantasía steampunk.

STEAMBOY

DE KATSUHIRO OTOMO (JAPÓN, 2004)

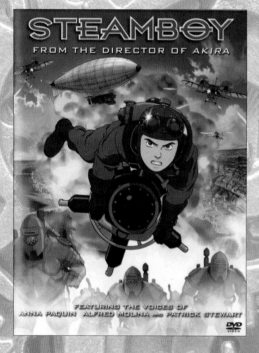

En 1863, los científicos Lloyd Steam y su hijo Edward descubren un agua pura que puede convertirse en una fuente de energía ilimitada para los motores. En la Alaska rusa prueban su invento y Edward resulta mortalmente herido, aunque tienen éxito con la creación de la Esfera de Vapor. Lloyd no se fía de su inversor principal, la Fundación O'Hara, y manda la esfera a su nieto James Ray, hijo de Edward, tan manitas con la ingeniería como su padre y su abuelo, pero miembros de la Fundación le persiguen para hacerse con el ansiado nuevo motor de energía.

Akira (1988) es seguramente una de las películas de ciencia ficción y de animación más influyentes de la historia. Mucha gente ha seguido la estela de este film cyberpunk y han podido disfrutar de una larga carrera cinematográfica, pero este no el fue el caso de su creador, Katsuhiro Otomo. Tras acabar el manga en 1990, Otomo hizo el guion para *Roujin Z* (1991), produjo la película con tres mediometrajes *Memories* (1995), y produjo y guionizó la versión de *Metrópolis* (2001) de Osamu Tezuka, dirigida por Rintaro. *Steamboy* fue una película que estuvo diez años preparándose y cuyo primer tratamiento de guion se hizo en 1994, pero a Otomo le costó encontrar la financiación para acabar una película que llegó a costar la friolera de 26 millones de dólares. El film de animación que iba a definir el

steampunk como estilo cinematográfico se estrenó demasiado tarde y fue un fracaso estrepitoso de taquilla, sobre todo en Japón.

Aunque tiene un guion bastante enrevesado, *Steamboy* es una maravilla steampunk de principio a fin, repleta de inventos a vapor imposibles. Desde el monociclo motorizado de Ray, muy parecido al uniciclo de *Nadia*, hasta un edificio que se convierte en una fortaleza aérea o esos inventos militares anfibios, aéreos y terrestres que la Fundación O'Hara desea vender a potencias extranjeras en la Gran Exposición del Palacio de Cristal, que en realidad ocurrió en 1851 y no en 1863 como la película. *Steamboy* ganó el premio a mejor película animada en el Festival de cine de Sitges y todavía sigue siendo una excelente puerta de entrada para el género.

Katsuhiro Otomo pasó del cyberpunk de *Akira* al steampunk con su chico de vapor...

LA VUELTA AL MUNDO EN 80 DÍAS

DE FRANK CORACI (ESTADOS UNIDOS, 2004)

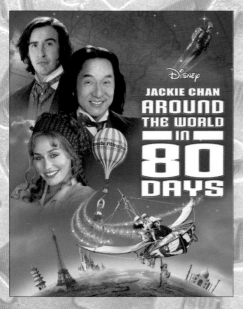

En la undécima novela de la colección de los *Viajes Extraordinarios* encontramos a un narrador experimentado que ha encontrado su voz y, sobre todo, su público. En *La vuelta al mundo en 80 días* (1872), Phileas Fogg y su ayuda de cámara Picaporte, Passepartout en el original, consiguen dar la vuelta al mundo en menos de tres meses utilizando casi todos los medios de transporte de la época como el tren de vapor, barcos, trineos, caballos, diligencias y hasta elefantes. En la versión cinematográfica de 1956 de Michael Anderson, Phileas (David Niven) y Picaporte (Cantinflas) llegan a usar un globo aerostático que les lleva de París a Italia atravesando los Alpes, una invención que ya existía en Europa desde el vuelo de los hermanos Montgolfier de 1783.

Para esta nueva versión de 2004 de Walden Media y Walt Disney, hecha para el mayor lucimiento de su estrella Jackie Chan, el nuevo Picaporte de verdadero nombre Lau Xing, Phileas Fogg (Steve Coogan) es un genio adelantado a su tiempo que ha inventado un motor de vapor capaz de superar las 50 millas por hora, una casa completamente automatizada con luces que se encienden solas con un silbido o un prototipo de avión monoplaza. En esta nueva versión también hay un robo en el Banco de Inglaterra, pero en este caso el ladrón es el mismo Picaporte, quien ha robado en realidad un Buda de jade que fue robado de su templo en China por los ingleses.

Como ya hemos dicho, esta película se hizo para el mayor lucimiento de la estrella oriental de artes marciales Jackie Chan, a quien llegaron a pagar 18 millones de dólares y se encargaría de las coreografías de kung-fu con su equipo de siempre. Tanto Coogan como la coprotagonista Cecile de France quedan eclipsados bajo la sombra omnipresente del actor chino que vuelve a dar un recital de acción y comedia, pero cada vez más alejado de sus tiempos dorados. Como en la versión de 1956, se contó con extras de relumbrón para acompañar el trayecto de Phileas y Picaporte con la aparición de Arnold Schwarzenegger, Karen Mok, Richard Branson, John Cleese, Sammo Hung, Macy Gray, Rob Schneider o los hermanos Luke y Owen Wilson.

Una película hecha a mayor gloria de Jackie Chan con aires steampunk.

127

VAN HELSING

DE STEPHEN SOMMERS (ESTADOS UNIDOS, 2004)

Antes del *Dark Universe* de Tom Cruise en el que se iban a mezclar todos los personajes de terror de la Universal, aunque la cosa no pasó del fracaso de *La momia* (2017), ya hubo un intento por parte de Sony de rentabilizar a estos monstruos victorianos gracias al éxito de *Bram Stoker's Dracula* (1992) de Francis Ford Coppola. En 1994 llegaría *Mary Shelley's Frankenstein*, dirigida por Kenneth Branagh, y dos años más tarde se estrenaría la película más personal de todas, *Mary Relley* (1996) de Stephen Frears, libremente inspirada en *El extraño caso del doctor Jekyll y el señor Hyde*, de Robert Louis Stevenson. La Universal no se iba a quedar atrás y se puso a pensar en una película que juntara a todos sus monstruos clásicos: el conde Drácula, el monstruo de Frankenstein, Mr. Hyde y el Hombre Lobo. Para ello llamaron al hombre que había vuelto a poner en el mapa a la momia con su versión de 1999 y su divertidísima secuela de 2001, *The Mummy Returns:* Stephen Sommers.

Van Helsing (Hugh Jackman) es un cazador de monstruos que trabaja para la Orden Sagrada del Vaticano. Junto a Carl (David Wenham), un fraile franciscano inventor de cachivaches imposibles para finales del siglo XIX, algo así como un Q de James Bond con hábito, viaja a Transilvania para proteger a Anna (Kate Beckinsale) y Velkan, los últimos de los Valerious, la familia que tiene la obligación por promesa espiritual de matar a Drácula (Richard Roxburgh). Pero el

taimado conde vampiro necesita el poder de la creación de Victor Frankenstein para resucitar a un ejército de sus hijos vampiros y dominar la Tierra.

No sabemos si gracias a la participación de Jackman y Beckinsale la cinta fue un éxito de taquilla, aunque recibió críticas negativas desde su estreno. Una de las notas discordantes era la sobreactuación de los vampiros y monstruos, algo que chirría durante toda la peli. Si te olvidas de eso puedes llegar a disfrutarla, sobre todo por el aspecto de videojuego moderno que tiene con una ambientación espectacular y unas armas muy steampunk como una ballesta automática, pistolas que lanzan ganchos para escalar al más puro estilo Batman o esas cuchillas voladoras de plata que destrozan vampiros.

Sólo las armas más especiales pueden defender a Van Helsing de los monstruos.

EL ILUSIONISTA

DE NEIL BURGER (ESTADOS UNIDOS, 2006)

2006 fue el año de la magia cinematográfica. Se estrenaron tres películas sobre el arte de la prestidigitación, y dos de ellas sucedían a finales del siglo XIX, ésta y *El truco final (El prestigio)* de Christopher Nolan. La tercera fue *Scoop* de Woody Allen, que sucedía en el Londres actual. *El ilusionista* se aleja del aire victoriano para acercarnos al Imperio austrohúngaro de 1889, en la ciudad de Viena un mago famoso llamado Eisenheim El Ilusionista (Edward Norton), aunque su verdadero nombre es Eduard Abramovich, es arrestado por el inspector jefe Walter Uhl (Paul Giamatti) por nigromancia en un espectáculo de magia. Eisenheim es llevado frente al príncipe Leopold (Rufus Sewell) para que confiese si mató a la prometida de éste, la duquesa Sophie von Teschen (Jessica Biel). Abramovich comenzará a contarle su historia de cómo conocía a Sophie desde que eran muy jóvenes.

El guion del propio director Neil Burger se inspiró en el cuento de Steven Millhauser, *Eisenheim the Illusionist*, presente en el libro *The Barnum Museum* (1990), cambiándole el final para que fuera más redondo. Magos como James Freedman, Ricky Jay o Scott Penrose enseñaron a Edward Norton y al joven actor Aaron Johnson, que hacía del joven Abramovich, juegos de manos que quedaron muy realistas en la película. Pero si en algo destaca *El ilusionista* es en sus trucos puramente steampunk, como un arbusto que crece mágicamente frente a la vista de los espectadores o unas figuras fantasmagóricas que caminan por la platea hasta llegar al escenario intentando comunicarse con el ilusionista.

Al final de la película descubrimos que el truco del árbol se hace con un mecanismo muy sofisticado de ruedas y poleas que hacen crecer mágicamente el árbol, pero el gran fallo de la película fue no explicar nunca cómo llegan a hacer el truco de las proyecciones que en la película parecen imágenes 3D generadas en el siglo XXI. El film fue rodado en la República Checa, en lugares como Praga o la fortaleza de Konopiště, cosa que le dio un toque muy decimonónico, sobre todo gracias a la fotografía de Dick Pope, nominada al Oscar. Al tratarse de una película muy barata, apenas 17 millones de dólares, *El ilusionista* fue un éxito de taquilla gracias a una equilibrada historia de magia, intriga y misterio con un truco final muy elaborado.

Thriller ilusionista con unos trucos imposibles a finales del siglo XIX.

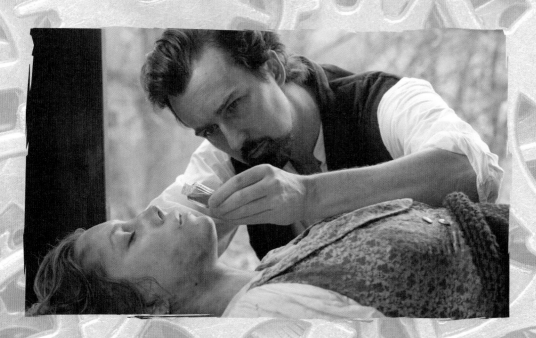

EL TRUCO FINAL (EL PRESTIGIO)

DE CHRISTOPHER NOLAN (ESTADOS UNIDOS, 2006)

En Londres, en la década de 1890, dos aprendices de mago trabajan para John Cutter (Michael Caine), un ingeniero dedicado a fabricar trucos para un mago que ya ha vivido sus mejores vidas. Robert Angier (Hugh Jackman) y Alfred Borden (Christian Bale) se convierten en enemigos cuando Borden mata en un accidente a la mujer de Angier durante un peligroso truco en un tanque de agua. Los dos comienzan su carrera en solitario con Angier ayudado por Cutter, convirtiéndose en el Gran Danton con espectáculos más sofisticados para grandes teatros, y Borden realiza trucos más humildes en locales pequeños. El odio que se profesan hará que se boicoteen cada vez más y llegará a ser un asunto de vida o muerte.

El director Christopher Nolan y su hermano, el guionista Jonathan Nolan, conocieron el libro de Christopher Priest, *The Prestige* (1995), en la gira de promoción inglesa de su película *Memento* (2000) y ambos querían llevarlo al cine reestructurando la historia. Tras el éxito de *Insomnia* (2002) y *Batman Begins* (2005), los Nolan encontraron la financiación para abordar un proyecto de época alejado de los sofisticados thrillers modernos que habían hecho hasta la fecha. Estructuraron la historia como si fuera un truco de magia, la presentación, la actuación y el prestigio, y eliminaron la trama espiritista del libro y el punto de vista de la historia marco que estaba situado en el futuro.

La historia ahora se explicaría con un diario que Borden ha escrito en la cárcel mientras espera su ajusticiamiento.

Aparte de los trucos de magia decimonónicos preparados por el mentor Cutter, la trama adquiere tintes steampunk cuando aparece en escena el mismísimo padre de la electricidad y la corriente alterna, Nikola Tesla (David Bowie), quien inventa para Angier una máquina capaz de teletransportar seres vivos e inertes. El diseño de producción victoriano de Nathan Crowley y Julie Ochipinti es tan trabajado e impresionante que fue nominado al Oscar, aunque perdió frente a *El laberinto del fauno*. Irónicamente, la pareja protagonista de *El truco final*, Hugh Jackman y Scarlert Johansson, también eran la pareja protagonista de la película de magia que Woody Allen estrenó ese mismo año, *Scoop*.

Sólo Nikola Tesla es capaz de inventar la máquina más increíble de la historia.

LA BRÚJULA DORADA

DE CHRIS WEITZ (ESTADOS UNIDOS, 2007)

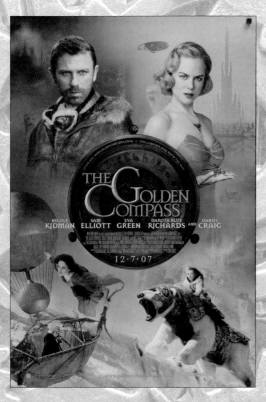

En un Oxford alternativo de tecnología retrofuturista, donde los humanos tienen su alma fuera de su cuerpo manifestándose como un animal de compañía con intelecto, los llamados daimonion, la niña Lyra Belacqua (Dakota Blue Richards) emprenderá una grande y arriesgada revolución donde se pondrá en duda la existencia misma del Magisterio, la poderosa iglesia que domina esta Tierra alternativa con mano de hierro. En la búsqueda de su tío Lord Asriel (Daniel Craig), le ayudará una bella mujer, la señora Coulter (Nicole Kidman), quien no es lo que parece.

Si a la trilogía de *La materia oscura* (1995-2000) de Philip Pullman le quitas la crítica a los estamentos religiosos, que es la base primordial de toda la historia, te quedan unas novelas de aventuras desprovistas de alma y esencia. Ése fue el principal problema del director Chris Weitz y New Line Cinema. Tras el éxito de *El Señor de los Anillos*, la productora buscaba una nueva trilogía juvenil a la que hincarle el diente. Las novelas de Pullman parecían una buena opción, con sus aires steampunk, su trama multiversal y una protagonista indómita que parece una mezcla entre Harry Potter y Katniss Everdeen (*Los juegos del hambre*). Para complacer a todo el mundo, y no tener problemas con ninguna religión mayoritaria, la productora y el director-guionista le quitaron toda el alma apóstata buscando entregar una película en la que la verdadera maldad sólo parece venir de una sola persona: Marisa

Coulter, un villano excelente que en el film quedó bastante desvirtuado pese al buen hacer de Kidman.

La intervención clave del diseñador de producción Dennis Gassner consiguió que el mundo alternativo de Lyra Belacqua tuviera un aire retrofuturista a medio camino entre la época eduardiana y el art decó de los años veinte con una Inglaterra donde los gigantes zepelines lujosamente amueblados son el medio de transporte y un Oxford más cercano a la época victoriana que al moderno centro de estudio que es hoy. Aunque la película consiguió una taquilla moderadamente buena en todo el mundo, su fracaso en Estados Unidos dejó muy tocada a la productora, que llegó a replantearse su futuro a largo plazo y abandonó no sólo la trilogía sino varios proyectos de bastante envergadura económica que tenía en marcha.

El gran zepelín fantástico que casi acaba con la productora de El Señor de los Anillos.

SHERLOCK HOLMES Y SHERLOCK HOLMES: JUEGO DE SOMBRAS

DE GUY RITCHIE (ESTADOS UNIDOS, 2009-2011)

Sir Arthur Conan Doyle hizo muchas cosas aparte de crear al eterno detective Sherlock Holmes. Una de ellas fue su pasión por el espiritismo y los fenómenos paranormales de todo tipo, algo extraño para un médico y creador de una figura de la literatura tan analítica. Holmes sólo tuvo un caso parcialmente paranormal, *El sabueso de los Baskerville* (1902), y fue porque era la novela gótica de Conan Doyle en la que, en un principio, no iba a ser protagonizada por Holmes porque estaba muerto cuando la comenzó. El productor Lionel Wigram llevaba diez años queriendo modernizar la imagen de Holmes en el cine con un tono más moderno, aventurero y bohemio en lugar de la acartonada figura victoriana a la que estamos tan acostumbrados. También quería un villano paranormal, en honor a la afición del escritor escocés y como un guiño a la figura de Aleister Crowley.

Entre ese toque moderno se incluía la dirección del británico Guy Ritchie, un prodigio del montaje con unas películas rapidísimas repletas de bajos fondos. En un principio, se iba a tratar de una película con un Sherlock en sus primeros casos, más joven, pero el interés de una estrella de Hollywood como Robert Downey Jr. hizo que tanto director como productor apostaran por el actor de *Iron Man*. Con Downey Jr. como Holmes y Jude Law como el doctor Watson se estrenó en 2009 la primera película de un detective mucho más proactivo y aventurero que quiere parar al maléfico lord Henry Blackwood (Mark Strong). Dos años después volverían a la cartelera enfrentándose contra el mismísimo profesor Moriarty (Jared Harris) en la más seria *Sherlock Holmes: Juego de sombras*.

¿Y el steampunk? Se preguntarán ustedes. Aunque la primera película fuera más gótica y casi Hammer, Blackwood quiere destruir a parte del Parlamento británico con un sofisticado ingenio que lanza vapor venenoso situado en las catacumbas del edificio. Pero lo más impactante es el arsenal militar que podemos admirar en *Juego de sombras* en la fábrica de armas Meinhart de Alemania. Aunque la

acción transcurra en 1891, las armas que podemos ver en la película son más propias de la Gran Guerra de 1914 que de la época. Una larga y emocionante escena de acción en un tren de vapor es, también, bastante steampunk. Aunque llevábamos una década de fracasos victorianos en taquilla, las dos películas de Guy Ritchie fueron dos éxitos impresionantes que volvieron a poner al detective en el candelero, algo que aprovechó la serie de la BBC de Mark Gatiss y Steven Moffat que se estrenó en 2010 y lanzó al estrellato a Benedict Cumberbatch.

Las películas más taquilleras de las basadas en Sherlock Holmes.

TAI CHI 0 / TAI CHI HERO

DE STEPHEN FUNG (CHINA, 2012)

Hasta ahora teníamos películas steampunk de Japón, Estados Unidos, Europa y Australia, pero nos faltaba la visión de este estilo retrofuturista del gigante chino. Con las nuevas tecnologías en CGI, la industria del cine de acción china ha convertido a sus películas en una competición de efectos especiales deslumbrantes a mayor gloria de las estrellas de artes marciales. No tardaría algún director en mezclar ambos mundos. Stephen Fung comenzó su carrera como director en Hong Kong protegido por la compañía JCE Movies del conocidísimo Jackie Chan. Tras varias producciones entre el thriller y las artes marciales se lanzó en 2012 a grabar seguidas las dos partes de la llamada trilogía Tai Chi para la productora de Pekín Huayi Brothers.

Contando con el campeón de artes marciales Wushu Jayden Yuan en su primera película como actor, Fung mezcló la trama típica del cine de acción de pueblos escondidos con el steampunk de máquinas imposibles. En la villa de Chen se practica un arte marcial milenario que está prohibido enseñarse a los extranjeros, pero ahora tienen que enfrentarse a la ambición de una empresa británica de trenes de vapor que está construyendo una línea ferroviaria que atravesará el mismo pueblo. Para ello contarán con la ayuda de un tonto avispado en artes marciales que quiere que le den clases de ese tai chi tan desconocido. Lu chan, además, tiene el mal de las tres flores en la corona, un bulto en su cabeza similar a un cuerno que lo convierte en un berserker imparable cuando es golpeado.

Fung estrenó las dos partes de *Tai Chi 0* y *Tai Chi Hero* en apenas seis meses. Mientras que en la primera el pueblo de Chen tiene que enfrentarse a una gigantesca máquina automatizada que coloca vías más rápido que los operarios, la Troya, en la segunda parte la compañía ferroviaria envía grandes cañones lujosamente decorados y son atacados por una nave voladora de metal y engranajes parecida a la diseñada por Leonardo da Vinci. En la segunda parte llamaron al actor sueco Peter Stomare para darle un toque cómico al villano. Se tendría que haber rodado una tercera parte, *Tai Chi Summit*, para cerrar la trilogía, pero nunca se supo por qué no acabaron rodándola cuando las dos primeras películas funcionaron bastante bien en la taquilla china.

La imposible mezcla entre cine de artes marciales chino y steampunk.

VICTOR FRANKENSTEIN

DE PAUL MCGUIGAN (ESTADOS UNIDOS, 2015)

Antes que la Universal comenzara a anunciar su macroproyecto del *Dark Universe* que recogería algunos de los monstruos clásicos de la literatura victoriana, el moderno Prometeo de Mary Shelley que nació en la Villa Diodati en 1816 ya había tenido una vida bastante intensa en las dos primeras décadas del siglo XXI con más de diez producciones entre el terror (*Frankenstein's Army*), la comedia animada (*Hotel Transylvania* o *Igor*), la acción (la horrorosa *Yo, Frankenstein*) y la miniserie televisiva de postín (*Frankenstein*, con William Hurt y Donald Sutherland), pero ninguna es tan deliciosa y decadentemente victoriana como la película dirigida en 2015 por el escocés Paul McGuigan.

La idea nació en las oficinas de la Fox como un intento de darle nuevos aires a una historia tan conocida por todos. Para ello se contó con la idea del escritor Max Landis de narrar el relato de Shelley desde el punto de vista de Igor, un personaje que no sale en el libro y que se creó por primera vez para la película *Son of Frankenstein* (1939), protagonizada por Bela Lugosi. Como curiosidad, el asistente de la película de 1931 se llamaba Fritz. Igor (Harry Radcliffe) es un payaso jorobado de circo al que le gusta estudiar medicina en sus escasos ratos libres. Es salvado por el estudiante de medicina Victor Frankenstein (James McAvoy), quien le cura la joroba, sólo era un exceso de grasa cutánea, y su deformación de columna con una camisa de fuerza. La pericia de Igor con la medicina le servirá

para ayudarle en sus experimentos de revivir órganos mediante electricidad. Un inspector muy devoto (Andrew Scott) sospecha de los movimientos de los dos amigos.

La fotografía de la parte del circo, el lugar de los experimentos de Frankenstein y la escuela de medicina por parte de Fabian Wagner es prodigiosa. Lástima que la película se mire demasiado en el montaje de los dos films de Sherlock Holmes de Guy Ritchie y termine siendo caótica en su recta final, donde vemos el nacimiento de la criatura de Victor. Quizá lo más novedoso no fue volver a jugar con la dualidad padre-hijo presente en el libro. Landis y McGuigan crean una subtrama psicológica en la que Victor fue el culpable de la muerte de su hermano mayor y quiere redimirse creando una nueva vida.

La película más victoriana de Frankenstein está protagonizada por el jorobado Igor.

THE EMPIRE OF CORPSES

DE RYOTARO MAKIHARA (JAPÓN, 2015)

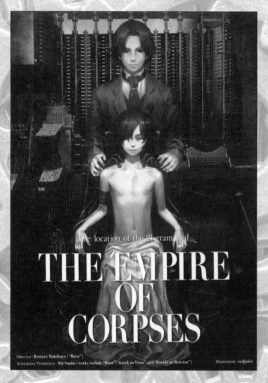

A finales del siglo XVIII, el científico Victor Frankenstein descubrió cómo reanimar los cadáveres. Su creación, llamado el Único, tenía la capacidad de razonar y pensar por sí mismo: tenía un alma. Pero el conocimiento de cómo crear un nuevo ser vivo sintiente se perdió con su muerte. A finales del siglo XIX, el Imperio británico es el más poderoso del mundo porque ha utilizado la tecnología de Frankenstein para crear un ejército de obreros y soldados zombis gracias a la programación necroware del motor analítico inventado por Charles Babbage. Los cadáveres reanimados no tienen alma ni capacidad de razonar y actúan gracias a la programación que los ingenieros de cadáveres realizan con sus máquinas. Utilizar un cadáver sin permiso oficial está penado con la cárcel, algo que le da igual al joven estudiante de medicina John Watson, quien ha resucitado a su amigo fallecido Friday e intenta descubrir la tecnología que permitió al doctor Frankenstein crear al Único. Éste era el original argumento de los escritores Project Itoh y Toh EnJoe para el libro *Shisha no teikoku* (*El imperio de los cadáveres*) publicado en 2012 y ganador de varios premios literarios en Japón.

Tres años después, Wit Studio y el director Ryotaro Makihara la convirtieron en una brillante película de animación en la que Watson, su amigo muerto Friday y el agente del servicio secreto británico M, otra creación de Arthur

El Imperio británico se hizo grande en el siglo XIX gracias a la fuerza de sus muertos.

Conan Doyle en las aventuras de Sherlock Holmes, como Watson, recorren medio mundo, de Londres a Japón pasando por Afganistán, buscando el Memorándum, el diario en el que Frankenstein apuntó todo el proceso de creación del Único. Las criaturas de Conan Doyle y Mary Shelley no son las únicas en aparecer. Alekséi Fiódorovich, el hijo pequeño de *Los hermanos Karamázov* (1880), de Fiódor Dostoyevski, o Hadaly Lilith, el androide sintiente de *La Eva futura* de Auguste Villiers de l'Isle-Adam también son parte de la trama. La película transita entre el misterio steampunk victoriano y el cine de zombis, pero está repleta de huevos de pascua, como la aparición de la compañía Osato Chemical de Tokio, tapadera de SPECTRA en la película *Sólo se vive dos veces* (Lewis Gilbert, 1967) de la serie James Bond.

AVRIL Y EL MUNDO EXTRAORDINARIO

DE CHRISTIAN DESMARES Y FRANCK EKINCI (FRANCIA, 2017)

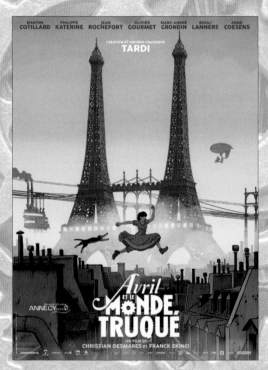

La película de animación francesa creada con los diseños del artista de cómic Jacques Tardi se basó enteramente en una ucronía distópica en la que Napoleón III murió en un accidente industrial y su sucesor, Napoleón IV, firmó un tratado de amistad con Prusia convirtiéndose en una Europa en la que no ha habido ni Primera ni Segunda Guerra Mundial. Los avances tecnológicos que se crearon entre las dos guerras nunca se dieron y la Tierra está estancada en la época de vapor con un cielo contaminado y grandes bosques devastados y destruidos para servir como energía. En el París de ese mundo vive Avril (a quien da voz la actriz Marion Cotillard), la descendiente de un científico que buscaba el suero de la inmortalidad, y su gato *Darwin*, mejorado genéticamente y parlante. Ellos dos son los únicos que conocen el secreto del suero de Gustave Franklin, su antepasado y causante de la explosión que acabó con Napoleón III.

Avril y el mundo extraordinario sigue la estela de *Steamboy* en el terreno de la animación: es consciente de tratar una ucronía distópica steampunk al pie de la letra con mad doctors con inventos imposibles, un héroe-heroína que quiere cambiar el mundo y un imperio militar o capitalista que quiere utilizar esos inventos para dominar el mundo. Tardi, junto al escritor Benjamin Le-

grand, con el que había colaborado en *El exterminador de cucarachas*, y el animador Franck Ekinci trataron de imaginar qué ocurriría en algún punto del siglo XX sin los grandes avances militares y nucleares. Una Francia donde el cielo siempre es de color cobre y la gente necesita mascaras para respirar por la calle por la baja calidad del aire.

El París de la película de Ekinci y Desmares parte de una idea bastante radical en que el arte de la ingeniería industrial de Gustave Eiffel ha dominado la arquitectura de todo el Imperio francés. Existen grandes estatuas huecas por dentro como la Estatua de la Libertad; Avril vive dentro de una de Napoleón III. También el transporte público se ha reconvertido, con grandes teleféricos a vapor que se trasladan entre raíles soportados por pequeñas versiones de la Torre Eiffel. De hecho, la característica y gigantesca torre se ha duplicado para albergar la mayor estación de teleféricos de París, dominando el paisaje de la ciudad. También existen paradas aéreas de pequeños dirigibles que funcionan como el autobús de barrio.

Una distopía que sobrevive quemando bosques contaminando los cielos...

CODE: REALICE

DE HIDEYO YAMAMOTO (JAPÓN, 2017)

Esta serie anime de doce capítulos dirigida por Hideyo Yamamoto para el estudio MSC con guion de Sayaka Harada no se inspiró en un manga o libro, como la mayoría de las producciones de steampunk animadas que vienen de Japón, sino en un videojuego otome para la PlayStation Vita desarrollado por Otamate con dibujos de Miko e historia de Nao Kojima y Yu Nishimura publicado en 2014. Un otome es una aventura gráfica o novela visual que significa «juego de doncellas». En ellos, el jugador toma las decisiones de la protagonista, que va relacionándose románticamente con otros personajes, normalmente hombres. Hay otomes de todos los tipos, desde históricos y futuristas hasta los que ocurren en el instituto entre adolescentes.

   Code: Realize está protagonizada por Cardia Beckford, una joven inexperta que vive en una mansión encerrada a las afueras de Londres y es capturada por la Guardia Real de la reina Victoria. La piel de Cardia contiene un veneno mortal y no puede tocar a nadie sin matarlo, por eso la guardia la llama monstruo. Pero Cardia es salvada por unos caballeros de fortuna con un plan oculto. Todo esto ocurre en 1872, cuando la reina Victoria, siempre vestida con unos trajes fantásticos en la serie, tenía treinta y dos años.

Lo que convierte a *Code: Realize* en un anime steampunk delicioso es la lista de pretendientes de Cardia, un verdadero *who is who* del fantástico victoriano. El protagonista principal es el ladrón Arsène Lupin, creado en 1905 por Maurice Leblanc, quien comenzará a tener un afecto especial por Cardia. Le sigue Impey Barbicane, el inventor de este grupo de jóvenes protegidos por el conde de Saint-Germain, inspirado en el misterioso aventurero, hombre de ciencia y químico del siglo XVIII. Barbicane es el inventor del cañón de la novela de Julio Verne *De la Tierra a la Luna*. Junto al joven Victor Frankenstein, son los inventores del grupo. Más tarde, también aparecerán Abraham van Helsing, exmiembro de la organización secreta Tasogare, y el niño Delacroix II, vampiro descendiente del mismísimo linaje de Drácula. Juntos, intentarán averiguar el pasado de Cardia y la misteriosa piedra horologium con forma de rosa incrustada en su pecho.

Divertida serie de animación basada en un juego romántico victoriano

MORTAL ENGINES

DE CHRISTIAN RIVERS (NUEVA ZELANDA, 2018)

Miles de años después de la conocida como Guerra de los Sesenta Minutos, la Tierra es un páramo postapocalíptico donde sólo sobreviven las grandes ciudades en movimiento, ciudades-estado montadas sobre gigantescas ruedas de orugas que atacan a otras ciudades y pueblos pequeños para aprovechar sus materias primas esclavizando a su población. El comercio se realiza con aeronaves o entre ciudades del mismo tamaño que no pueden devorarse entre sí. La vieja tecnología de antes de la Era de la Tracción es el producto más deseado por estas grandes ciudades. El pequeño pueblo minero de Salzhaken es destruido por la gran ciudad de Londres. De allí viene Hester Shaw, una mujer enmascarada que intenta asesinar al jefe del gremio de historiadores Thaddeus Valentine.

Philip Reeve comenzó a planear *Mortal Engines* a finales de la década de los ochenta, influido por novelas como *El Señor de los Anillos* o *Star Wars*, el principio del libro es igual que el principio del *Episodio IV*, pero la proyectó como una novela para adultos. Tras varias negativas, la transformó en una novela para jóvenes y las editoriales se interesaron por ella. Los guionistas y productores Fran Walsh, Philippa Boyens y Peter Jackson hicieron justo el camino contrario, convirtieron el material original en una película más adul-

ta. El personaje principal, Shaw, pasa de tener quince años a tener veintiuno y se aplicaron más cambios sustanciosos en trama y protagonistas. Esto produjo una película bastante descompensada y sin alma, cosa que se agravó con la plana dirección de Christian Rivers, un mago del CGI, pero un pésimo director. *Mortal Engines* fue un fracaso sonoro de la productora Wingnut Films de Jackson de la que todavía no se ha recuperado.

Más allá de la valoración cinematográfica, el film es una maravilla artística que convierte en creíbles conceptos tan imposibles como grandes ciudades de nueve plantas en movimiento repletas de edificios y gente. Londres, la principal protagonista de la película es realmente alucinante, coronada con la catedral de San Pablo y una puerta frontal repleta de óxido decorada con la Union Jack que la convierte en un gran tiburón steampunk devorando ciudades más pequeñas a través de un eterno desierto apocalíptico.

Cuando la gran ciudad de Londres te ataque, corre cuanto puedas.

ABIGAIL Y LA CIUDAD PERDIDA

DE ALEKSANDR BOGUSLAVSKIY (RUSIA, 2019)

En un mundo alternativo una epidemia misteriosa comienza a asolar a la población. En cuanto se tiene sospecha de que alguien está enfermo, el ejército se lo lleva para no ser visto jamás. Uno de los científicos principales para encontrar una cura es acusado de estar enfermo y es secuestrado de noche por el ejército. Años después, su hija Abigail intenta averiguar qué fue de su padre y descubre que en realidad no existe ninguna enfermedad. Su ciudad fue tomada por militares que practican la magia oscura y quisieron borrar todo rastro de la existencia de la magia haciendo pasar los síntomas del despertar mágico en gente elegida como si fuera una enfermedad mortal muy contagiosa.

Maestros en las fantasías de ciencia ficción, faltaba una visión rusa del steampunk. Como en China, Rusia también tiene un mercado boyante de producciones fantásticas repletas de CGI para consumo propio, principalmente. Pero el director Aleksandr Boguslavskiy quiso darle a su nueva película una proyección más internacional para venderla en Europa, principalmente. Para ello fichó a prestigiosos actores ingleses como Eddie Marsan. Durante el rodaje y la etapa de promoción de *Abigail* (Эбигейл, en ruso), los productores hablaban más de que la película era una fantasía juvenil que un film de ciencia ficción steampunk al uso. De hecho, salen hasta pequeñas hadas.

Una fantasía mágica rusa a medio camino entre el steampunk y el dieselpunk.

Aunque la imagen se podría situar en un periodo dieselpunk entreguerras de la década de los años treinta, con esos coches tan de película de mafiosos norteamericanos a lo James Cagney, todo el tema de los magos rebeldes es bastante más decimonónico, sobre todo por las armas que utilizan para proyectar sus poderes mágicos. El verdadero festival steampunk está al final de la película, con dirigibles persiguiéndose por

el cielo y una ciudad-cárcel flotante al más puro estilo Laputa de Jonathan Swift. *Abigail y la ciudad perdida* destaca por las escenas rodadas en Vanalinn, el casco antiguo de Tallin, la capital de República de Estonia, una ciudad que ha tenido influencias danesas, alemanas, suecas y rusas en su arquitectura y que podría ser escenario de una película medieval o una steampunk, como es el caso.

KABANERI DE LA FORTALEZA DE HIERRO

DE TETSURO ARAKI (JAPÓN, 2016)

La invasión de los kabane, humanos infectados que se vuelven agresivos y son incapaces de morir a menos que se perfore su corazón dorado o se les corte la cabeza, ha llegado al país insular de Hinomoto. Para defenderse, sus habitantes se refugian en fortalezas bien protegidas, comunicándose con locomotoras de vapor fuertes y fortificadas. Para vencerlos, existen los kabaneri, híbridos mitad kabane, mitad humano que van armados con pistolas perforantes antikabanes. Estos kabaneri viajan en las potentes locomotoras defendiéndolas del ataque de los miles de kabanes que asolan el país de Hinomoto.

El anime de Japón y los videojuegos están siendo una constante fuente de nuevas cotas de fantasía para el steampunk. Con *El imperio de los cadáveres* vimos que las tramas de zombis o cuerpos muertos animados de la escuela Frankenstein podían desarrollar tramas mucho más atrevidas e interesantes tras doscientos años de su publicación. *Kōtetsujō no Kabaneri* sigue ese mismo patrón de innovación mezclando unos cuantos elementos ya conocidos, pero no vistos juntos todavía. Por un lado, tenemos la invasión zombi… mejor dicho, infectados, al estilo de *24 horas después*, *Guerra Mundial Z* o la coreana *Train to Busan*, que también sucede en un tren. Después está el corpus dramático del anime *Ataque de los titanes*, que sucede en un mundo ficticio cuya gente sobrevive en ciudades protegidas por altos muros con miedo a los gigantes humanoides llamados titanes. A esta mezcla se le suma el componente steampunk, con una acción situada en una Japón alternativo asolado por la plaga de los kabane (cadáver en español) donde el vapor es la tecnología más moderna. Wit Studio realizó una serie tan excitante y repleta de acción como en su *Ataque de los titanes*. El director es el mismo Tetsuro Araki, encargado de *Death Note* (2006-2007) o *Highschool of the Dead* (2010), experto en dotar con una cámara muy nerviosa a sus escenas de acción. Esto provoca auténtica sensación de ansiedad en los momentos en que los kabane se lanzan en grupo a atacar las gigantescas locomotoras que viajan entre fortaleza y fortaleza. La serie sólo tuvo doce episodios, pero la trama fue alargada a tres películas: *Tsudo Hiraki* (2016), *Moeru inochi* (2017) y *Unato Kessen* (2019).

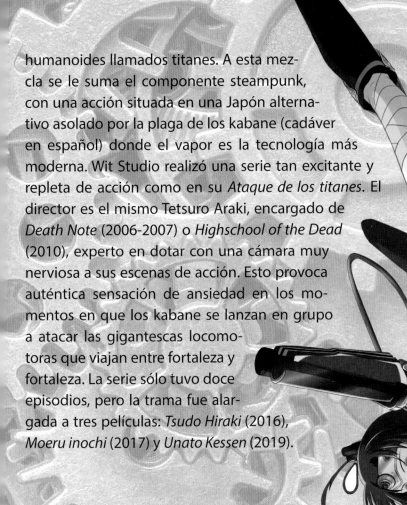

La humanidad japonesa del siglo XIX intenta sobrevivir a una invasión zombi.

JINGLE JANGLE

DE DAVID E. TALBERT (ESTADOS UNIDOS, 2020)

No hay nadie que invente mejores juguetes que Jeronicus Jangle (Forrest Whitaker), dueño de Jangles and Things. Su máximo invento es el muñeco autómata torero con sentimientos llamado Don Juan Diego (Ricky Martin). Un día, Diego convence al aprendiz de Jeronicus, Gustafson (Keegan-Michael Key), para que se lo lleve a él y su libro de inventos dejando a Jangle en una profunda depresión. Su tienda se está hundiendo, su mujer fallece y su hija le abandona. Años más tarde, con un Gustafson convertido en el rey de los juguetes y Jangle sin apenas chispa de invención acosado por las deudas aparece su nieta Journey (Madalen Mills), quien volverá a traer alegría al pobre Jeronicus Jangle.

Jingle Jangle: A Christmas Journey no era la primera película navideña de David E. Talbert, un director-guionista acostumbrado a hacer películas de comedia romántica afroamericana. En las plataformas de pago ya triunfó *Casi Navidad* (2016), donde una gran familia intenta celebrar un 25 de diciembre sin matarse entre ellos. *Jingle Jangle* nació como un musical de teatro con canciones creadas por el cantante de soul John Legend y el productor Philip Lawrence.

Con la participación de John Debney en la partitura original, la película, que no se aleja ni un ápice del drama navideño que hace más de un siglo patentó Charles Dickens con *Cuento de Navidad* (1843), cuenta con canciones interpretadas por Usher, Ricky Martin y Kiana Ledé. Hasta la ambientación parece sacada de un pueblo de postal de mediados del siglo XIX, con números musicales repletos de soul

en sus calles. Como Méliès en *La invención de Hugo*, el arte juguetero de Jeronicus está por encima de la época que refleja, sobre todo con su última invención: el Buddy 3000, un juguete que parece el E.T. de Steven Spielberg construido con tecnología steampunk con la capacidad de volar. Lo más relevante de esta película es esa juguetería casi mágica repleta de ingenios imposibles que encadilará a todos los amantes del clockpunk y los engranajes.

Musical afroamericano de Netflix para amantes del clockpunk y el arte juguetero.

LOS IRREGULARES

DE TOM BIDWELL (REINO UNIDO, 2021)

Los Irregulares son un grupo de huérfanos que viven en un sótano en las cercanías de Baker Street en Londres. Bea (Thaddea Graham) es la ruda y protectora líder de la banda, Spike (McKell David) es quien los mantiene unidos con humor, Billy (Jojo Macari) es el músculo del grupo y Jessie (Darci Shaw) es la hermana pequeña de Bea con ciertos poderes psíquicos. Un día, se junta con ellos el príncipe real Leopold (Harrison Osterfield) aburrido de la vida de Palacio, aunque ellos no saben su linaje. Juntos, comenzarán a trabajar para el doctor Watson (Royce Pierreson) en casos cada vez más extraños, sobrenaturales y peligrosos.

Los Irregulares de Baker Street eran unos niños vagabundos dirigidos por un chico llamado Wiggins que el detective Sherlock Holmes utilizó en tres historias escritas por sir Arthur Conan Doyle. Según Holmes, estos chavales estaban en todos lados, lo escuchaban todo y podían ser mucho más eficientes para obtener información que todo Scotland Yard. Holmes les ofrecía un chelín por día a cada uno. Los Irregulares aparecieron en *Estudio en Escarlata* (1887), *El signo de los cuatro* (1890) y el cuento *La aventura del hombre torcido* (1893), pero han salido en varios productos audiovisuales sobre Holmes y, sobre todo, en una serie de libros de Terrance Dicks de diez ejemplares publicada entre 1978 y 1987. Ése sería el origen de la nueva serie que el productor Tom Bidwell le ofreció a Netflix tras la miniserie animada de *Watership Down*, pero mucho más cercano al espíritu dark fantasy de *Stranger Things*.

En la serie hay gente con poderes mentales, un ornitólogo que controla los pájaros y fantasmas, pero también hay seres sobrenaturales como el hada de los dientes, una mujer que crea clones a partir de los dientes de sus víctimas, o el Coleccionista, una botánica que roba partes de cuerpos para mantener vivo a su marido como si fuera una criatura diseñada por el mismísimo Victor Frankenstein. Aunque uno de los mejores capítulos es el tercero, *Ipsissimus*, donde los Irregulares investigan el asesinato del líder de Amanecer Dorado, una secta mágica donde milita el mismísimo Mycroft Holmes (Jonjo O'Neill), hermano de Sherlock, atrapados en una mansión de la que no pueden salir. Aunque la

Dark fantasy protagonizada por los jóvenes ayudantes de Sherlock Holmes.

serie llegó a superar otros estrenos, como *Falcon* y el *Soldado de Invierno* de Disney +, y se trata de un show de fantasía oscura victoriana bastante sólido, Netflix no ha querido hacer una segunda temporada.

POUPELLE OF CHIMNEY TOWN

DE YUSUKE HIROTA (JAPÓN, 2021)

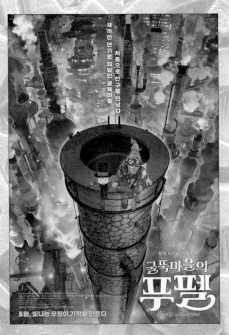

Existe una isla pérdida desconocida para el resto del mundo rodeada por un acantilado de 4.000 metros. Toda la isla es una ciudad construida sobre otras ciudades repletas de chimeneas que no paran de humear día y noche. La gente de Chimney Town no conoce el cielo ni sabe que hay estrellas brillando de noche en ellas. En la noche de Halloween la gente suele lanzar humo mágico brillante para alejar a los malos espíritus. Esa noche, un mensajero se atragantó con el humo mágico dejando caer un paquete que llevaba. Con tanto humo, el mensajero no pudo encontrar su paquete y se fue corriendo a entregar otros pedidos. El paquete contiene un corazón, latiendo solo en medio de la noche.

Poupelle of Chimney Town es un libro infantil ilustrado que el actor y cómico japonés Akihiro Nishino publicó en 2009. Para ilustrarlo llamó a 33 artistas diferentes para crear todas las ilustraciones. Aunque estuviera en internet de manera gratuita, este libro steampunk infantil llegó a vender más de medio millón de ejemplares en Japón en formato físico. En la historia seguimos al joven Lubicchi, quien desea ver las estrellas y el cielo azul que le describe su padre. En la noche de Halloween conoce a Poupelle, un ser hecho de basura animado con un corazón perdido.

El Studio 4º C le compró el guion a Nishino, quien también ejerce de productor ejecutivo, para realizar una película más orientada al público infantil que juvenil. Para alejarse un poco del tono de otras películas del estudio como *Tekkonkinkreet* (2006) o *Children of the Sea* (2019) contrataron al experto en CGI Yusuke Hirota en su debut como director. El doblaje al inglés se estrenó en el festival Animation is Film de Los Ángeles al final de 2021, pero no ha encontrado distribución en países de habla española. Su acercamiento es similar al cuento, con una atmósfera steampunk donde prevalece el vapor (steam)

con un estilo que se asemeja bastante al videojuego *Machinarium*. Los fans del steampunk más cartoonesco tienen en Poupelle de la *Ciudad de las Chimeneas* una película de animación excelente.

Fantasía steampunk japonesa para los más pequeños de la casa.

THE NEVERS

DE JOSS WHEDON Y PHILIPPA GOSLETT (ESTADOS UNIDOS, 2021)

En agosto de 1896, la ciudad de Londres ve caer una lluvia de estrellas en pleno día. Esas luces tocan a algunas personas, sobre todo mujeres, concediendoles superpoderes de diversas categorías. Perseguidos y odiados por el resto de la población del imperio, los tocados, como los llaman, se suelen juntar en bandas de los bajos fondos para ganarse la vida con sus poderes. Pero algunas de ellas son protegidas por la rica y respetable dama Lavinia Bidlow (Olivia Williams), quien las acoge y cuida en su gran mansión en el centro de Londres. La vidente y salvaje Amalia True (Laura Donnelly) intentará salvar a sus hermanas tocadas con la ayuda de su mejor amiga Penance Adair (Ann Skelly), quien ve patrones de energía y tiene la capacidad de inventar cualquier aparato tecnológico adelantado a su tiempo.

El director, guionista y productor Joss Whedon ya había escrito sobre mujeres guerreras con poderes que se enfrentaban a chupasangres, *Buffy, cazavampiros* (1997-2003), y había realizado una larga etapa aclamada por la crítica de *Astonishing X-Men*, una de las series de los superhéroes mutantes de Marvel. The Nevers es, básicamente, la combinación de ambas ideas, un show sobrenatural genuinamente femenino protagonizado por unas heroínas victorianas al más puro estilo X-Men. Incluso se enfrenta a otros tocados que trabajan para bandas mafiosas parecidas a la Hermandad de Mutantes Malignos de Magneto de los cómics creados por Stan Lee y Jack Kirby.

La primera temporada de *The Nevers* sólo tenía seis capítulos y era un show victoriano steampunk exquisito, con tocados enfrentándose entre ellos con diferentes superpoderes como la piroquinesis, poder curativo, telequinesis explosiva o el poder de transformar cosas en vidrio. Pero, por encima de todo, destaca Penance Adair, una mezcla entre Tesla y Edison pelirroja, capaz de inventar un automóvil rapidísimo, un paraguas que lanza descargas eléctricas o un aparato capaz de detectar los tocados. Todas las escenas en el laboratorio de Adair son una joya para los fans del steampunk.

Joss Whedon se pregunta: ¿Y sí los X-Men hubieran sido victorianos?

ARCANE

DE CHRISTIAN LINKE Y ALEX YEE (ESTADOS UNIDOS, 2021)

League of Legends es uno de los videojuegos en línea más famosos de la historia. Creado en 2009 por Riot Games, *LoL*, como se le llama habitualmente, es una arena de batalla multijugador donde equipos de cinco personas controlando un personaje se enfrentan contra otras cinco personas consiguiendo puntos y habilidades con cada victoria. El juego tiene un ambiente de espada y brujería, pero hay un par de regiones inspiradas en un universo puramente steampunk: Zaun y Piltover, ciudades vecinas donde la rica Piltover hace sombra a la sucia y suburbana Zaun. Estas dos regiones fueron las elegidas en el décimo aniversario del juego Riot Games, Fortiche y Netflix para desarrollar la serie *Arcane* de nueve capítulos creada por Christian Linke y Alex Yee.

Las hermanas Powder (Ella Purnell) y Vi (Hailee Steinfeld) son dos huérfanas que sobreviven en la ciudad de Zaun robando en la ciudad de Piltover. Un día roban unos extraños cristales mágicos en el ático del investigador Jayce (Kevin Alejandro). Estos cristales serán codiciados por el señor del crimen Silco (Jason Spisak), quien intentará matar a las dos hermanas. Vi huye, pero Powder se queda al cuidado de Silco convirtiéndose en la letal Jinx, mientras Jayce

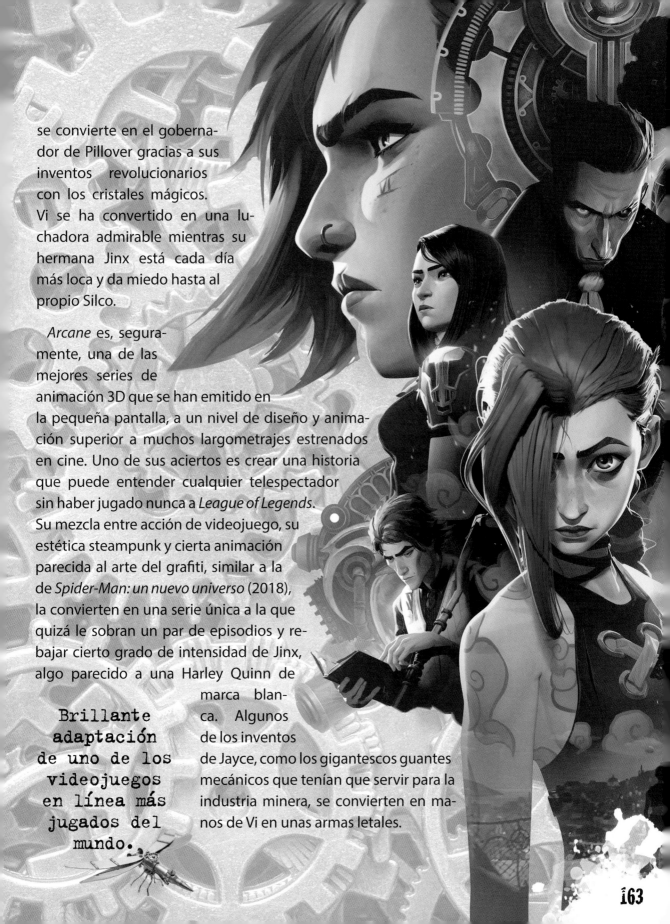

se convierte en el gobernador de Pillover gracias a sus inventos revolucionarios con los cristales mágicos. Vi se ha convertido en una luchadora admirable mientras su hermana Jinx está cada día más loca y da miedo hasta al propio Silco.

Arcane es, seguramente, una de las mejores series de animación 3D que se han emitido en la pequeña pantalla, a un nivel de diseño y animación superior a muchos largometrajes estrenados en cine. Uno de sus aciertos es crear una historia que puede entender cualquier telespectador sin haber jugado nunca a *League of Legends*. Su mezcla entre acción de videojuego, su estética steampunk y cierta animación parecida al arte del grafiti, similar a la de *Spider-Man: un nuevo universo* (2018), la convierten en una serie única a la que quizá le sobran un par de episodios y rebajar cierto grado de intensidad de Jinx, algo parecido a una Harley Quinn de marca blanca. Algunos de los inventos de Jayce, como los gigantescos guantes mecánicos que tenían que servir para la industria minera, se convierten en manos de Vi en unas armas letales.

Brillante adaptación de uno de los videojuegos en línea más jugados del mundo.

LAS AVENTURAS DE LUTHER ARKWRIGHT

DE BRYAN TALBOT (INGLATERRA, 1978)

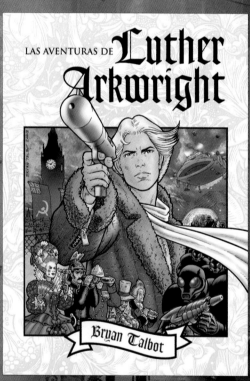

LAS AVENTURAS DE **Luther Arkwright**

Bryan Talbot

La Inglaterra steampunk cromwelliana tiene la llave para salvar todo el multiverso.

Luther Arkwright es un agente secreto con capacidad para poder saltar entre diversas tierras paralelas del Multiverso. Trabaja para el llamado Paralelo cero-cero, una Tierra avanzada que controla el rico multiverso para que los rebeldes disruptores no acaben con ello. Arkwright es enviado a un Reino Unido puritano y fascista donde Cromwell ganó la Guerra Civil y sus descendientes gobernaron desde entonces. Arkwright tendrá que provocar una revolución monárquica y destruir el Firefrost, un arma que podría acabar con el multiverso.

Estamos ante una de las obras más influyentes de la historia del cómic británico, inspirando a autores como Garth Ennis, Alan Moore, Grant Morrison, Neil Gaiman, Warren Ellis o Rick Veitch, que vieron en la historia de Luther Arkwright un hito del cómic de ciencia ficción. Como el propio Warren Ellis reconoce, *Las aventuras de Luther Arkwright* «… es la novela gráfica más influyente que ha salido de Gran Bretaña hasta la fecha […], probablemente el trabajo experimental más importante de los cómics ingleses».

Aunque se podría considerar a Luther Arkwright como una imitación del famoso Jerry Cornelius, el héroe multidimensional creado por el escritor bri-

tánico Michael Moorcork, la historia steampunk de Arkwright difiere en muchos puntos y fue una pequeña revolución en el medio gracias a su mezcla de ciencia ficción, novela histórica, espionaje y género sobrenatural. Su técnica narrativa experimental y la falta consciente de efectos de sonido, líneas de velocidad o globos de pensamiento la convierten en una impresionante, densa y hermosa obra de ciencia ficción en forma de cómic, tan cercana al multiverso pop de Moorcork como a la fría sci-fi de Arthur C. Clarke. Bryan Talbot volvió a los personajes creados en la década de los setenta y ochenta con *El corazón del imperio* (1999-2000), en el que muestra la decadencia de esa Gran Bretaña imperial y monárquica que Arkwright salvó. Como la serie original, también está compuesta por nueve números, con la diferencia de estar realizada a todo color y que el arte de Talbot es mucho más refinado y no tan underground como en los primeros números de la serie original de este personaje clave del cómic británico.

LAS CIUDADES OSCURAS

DE BENOÎT PEETERS Y FRANÇOIS SCHUITEN (FRANCIA, 1983-2009)

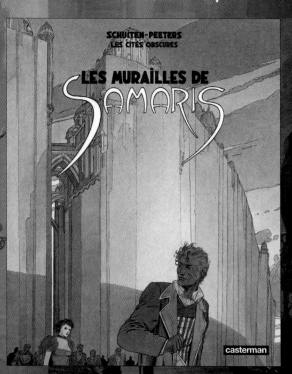

Cuando el guionista parisino Benoît Peeters y el dibujante bruselense François Schuiten publicaron en 1983 *Las murallas de Samaris*, pocos nos íbamos a imaginar que nacía una larga saga de ciencia ficción centrada en la arquitectura y el urbanismo con ocho álbumes completos, cuentos ilustrados, guías de viaje, cuento infantil y hasta dramatizaciones en CD. La saga de *Las ciudades oscuras* comenzó con Samaris, una ciudad perdida en medio del desierto con ecos de la arquitectura árabe, estilo renacentista y edificios barrocos, como si Venecia o Constantinopla se hubieran quedado varadas en medio de las ardientes arenas. Pero Samaris era una ciudad trampantojo, una ciudad construida sobre un impresionante mecanismo de relojería que la hacía cambiar cada día como si estuviera viva.

La fijación por el steampunk y ciudades imposibles de diversas épocas de la sociedad humana construidas sobre un relato distópico y ucrónico no acabó con Samaris ni con el art nouveau de Xhystos, algo así como una Bruselas reinventada por el arquitecto belga Victor Horta. La simetría y el orden de Urbicanda se vería rápidamente subvertida por el crecimiento de un extraño cubo vacío en *La fiebre de Urbicanda* (1985), mientras dos jóvenes viajaban en zepelín desde la bulliciosa e industrial Mylos, de aspecto muy londinense, a la misteriosa ciudad subterránea del Polo Norte Oscuro de Armila en *La ruta de Armila* (1988).

Las ciudades oscuras están situadas en la Contra-Tierra, un planeta gemelo al nuestro oculto siempre al otro lado del sol. Es posible viajar entre los dos mundos gracias a unas puertas llamadas pasajes oscuros. Uno de los viajeros más ilustres de las dos Tierras es el escritor Julio Verne. Este pequeño apunte convierte a toda la saga de cómics de *Las ciudades oscuras* en un delicioso viaje a medio camino entre el steampunk de finales de la época victoriana y los adelantos arquitectónicos de la primera y la segunda década del siglo XX. También es una carta de amor del artista François Schuiten a su ciudad natal, Bruselas. De hecho, la ciudad más importante de la Contra-Tierra es, por supuesto, Brüsel.

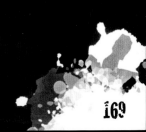

Una guía de viaje por las ciudades más carismáticas y oscuras de la Contra-Tierra.

GOTHAM: LUZ DE GAS

DE BRIAN AUGUSTYN Y MIKE MIGNOLA (ESTADOS UNIDOS, 1989)

Corre el año 1889 cuando el joven multimillonario norteamericano Bruce Wayne acaba sus estudios con el doctor Sigmund Freud. Wayne ha estudiado y se ha perfeccionado con los mejores detectives, luchadores e investigadores de la psique del mundo para convertirse en el justiciero Batman y convertirse en el temor de los criminales de su ciudad Gotham, en la costa Atlántica de Estados Unidos. Mientras Batman comienza su carrera contra el crimen en Gotham, comienzan a aparecer prostitutas salvajemente asesinadas en las calles. El inspector de policía Jim Gordon sospecha que el infame Jack el Destripador ha abandonado Londres para imponer el terror en Gotham. ¿Son Batman y el Destripador la misma persona?

Batman, el superhéroe de DC creado en 1939 por Bob Kane y Bill Finger, había luchado contra cientos de supervillanos, asesinos y ladrones a lo largo de la historia, incluso había llegado a conocer a un anciano Sherlock Holmes en el *Detective Comics* #572 (1987) de Mike W. Barr y Alan Davis, pero la premisa creada por el guionista Brian Augustyn a finales de la década de 1980 fue sencilla y escalofriante: ¿Y si Batman se enfrentara a Jack el Destripador? No hablamos de viajes en el tiempo ni nada por el estilo, sino del llamado primer cómic *Otros mundos (Elseworlds)* de DC. Interpreta

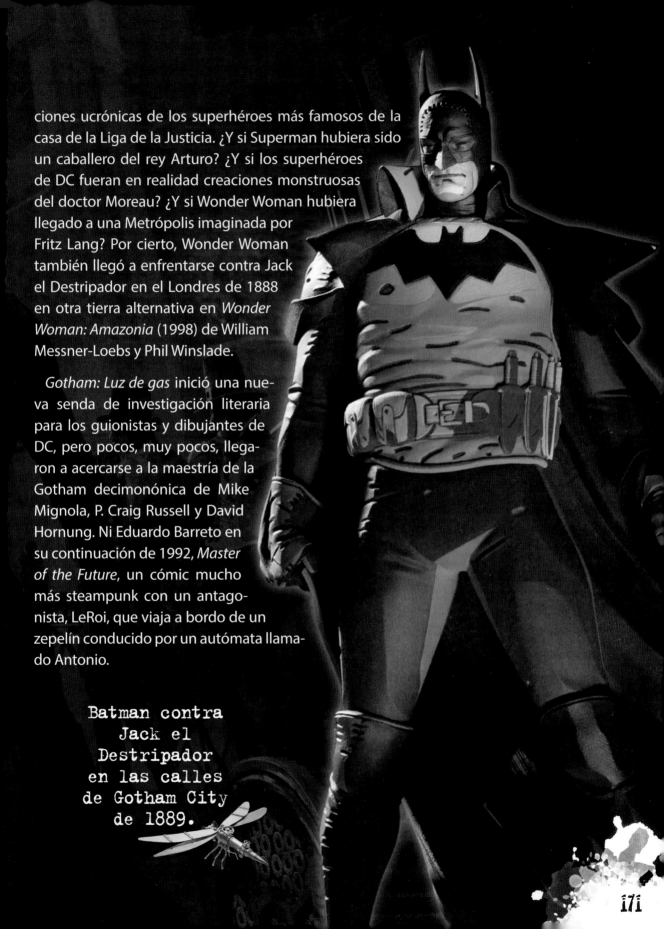

ciones ucrónicas de los superhéroes más famosos de la casa de la Liga de la Justicia. ¿Y si Superman hubiera sido un caballero del rey Arturo? ¿Y si los superhéroes de DC fueran en realidad creaciones monstruosas del doctor Moreau? ¿Y si Wonder Woman hubiera llegado a una Metrópolis imaginada por Fritz Lang? Por cierto, Wonder Woman también llegó a enfrentarse contra Jack el Destripador en el Londres de 1888 en otra tierra alternativa en *Wonder Woman: Amazonia* (1998) de William Messner-Loebs y Phil Winslade.

Gotham: Luz de gas inició una nueva senda de investigación literaria para los guionistas y dibujantes de DC, pero pocos, muy pocos, llegaron a acercarse a la maestría de la Gotham decimonónica de Mike Mignola, P. Craig Russell y David Hornung. Ni Eduardo Barreto en su continuación de 1992, *Master of the Future*, un cómic mucho más steampunk con un antagonista, LeRoi, que viaja a bordo de un zepelín conducido por un autómata llamado Antonio.

Batman contra
Jack el
Destripador
en las calles
de Gotham City
de 1889.

SEBASTIAN O

DE GRANT MORRISON Y STEVE YEOWELL (ESTADOS UNIDOS, 1993)

El joven dandi amoral y extravagante Sebastian está encerrado en la celda más profunda de una cárcel de Londres por crímenes morales y publicación de literatura transgresora. Sebastian logra huir matando a un par de guardias. Cuando llegue a su lujosa mansión, se limpiará y se vestirá con sus mejores galas para perseguir y matar a lord Theo Lavender, su viejo amante y amigo genio, la persona que lo traicionó y lo metió entre rejas. Con la ayuda de la dueña del Club de Paradis Artificiel, George, y el pederasta Abbe, Sebastian podrá acercarse a su objetivo mientras lo persigue la policía de Londres.

Sebastian O se considera una de las obras menores del guionista escocés Grant Morrison, pero es un acercamiento muy certero al tipo de ucronías con las que juega el steampunk. ¿Y si Oscar Wilde hubiera sido un sociópata digno de la pluma del marqués de Sade que hubiera podido salir de la cárcel para vengarse de su amante Alfred Douglas? Sebastian es la amoralidad hecha dandi que tanto predicaba lord Henry en *El retrato de Dorian Gray* (1890). En el mundo sólo importa la belleza y Sebastian hará lo posible por conseguir un mundo perfecto como si fuera un Patrick Bateman decimonónico, el protagonista de *American Psycho*.

¿Y si Oscar Wilde hubiera sido un asesino desalmado en una Inglaterra steampunk?

Aunque *Sebastian O* se publicó bajo el paraguas del sello Vertigo de Karen Berger, la idea se gestó para el sello Touchmark de Art Young, el sello de cómics-books de la editorial Disney, donde se publicaba historia del Tío Gilito o Chip & Chop a principios de los noventa. Morrison volvió a trabajar con su amigo Steve Yeowell, con quien había publicado *Zenith* en la revista 2000 AD. Alejándose de su estilo para acercarse al germen decimonónico de la prosa de Morrison, Yeowell se inspiró en los grabados de Aubrey Beardsley, uno de los ilustradores más importantes del art nouveau británico. Impactan inventos steampunk como el jardín mecánico de Abbe, donde no existe nada vivo, sólo plantas autómatas que van creciendo mediante complicados ingenios de mecánica y relojería.

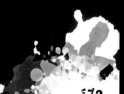

STEAM DETECTIVES

DE KIA ASAMIYA (JAPÓN, 1994)

La ciudad de Steam City, cuya tecnología funciona sólo con carbón, puede dormir tranquila porque Narutaki, el hijo genio de los dos detectives más famosos de la ciudad, ha tomado el relevo de sus padres y no habrá ladrón o asesino que pueda huir de su inteligente mirada y de su pistola de vapor con diversas funciones. Le ayuda en sus casos la enfermera Hsu Ling Ling, siempre acompañada de su megamatón Goriki, un robot autómata con una fuerza capaz de derrotar a varios villanos a la vez.

El mangaka Kia Asamiya ya había publicado dos mangas de ciencia ficción muy interesantes cuando le vendió a la revista *Shonen Jump* la idea de un mundo steampunk protagonizado por un joven Sherlock Holmes. *Silent Möbius* mezclaba la magia interdimensional con el argumento de la película *Blade Runner*, mientras que la comedia cyberpunk *Compiler* juntaba personajes de videojuegos con personajes reales. Pero se hizo famoso en Occidente por su adaptación al manga de *Star Wars Episodio 1: La amenaza fantasma* (1999) o el cómic *Batman: El hijo de los sueños* (2000).

Steam Detectives fue su apuesta por el thriller steampunk repleto de acción y mucha niebla y vapor. Lo raro es que justamente ese mismo año, 1994, se estrenaba en la revista *Shukan Shonen Sunday* el manga de un joven aprendiz de Sherlock Holmes, *Detective Conan*, obra de Gosho Aoyama. Aunque este

último sea un superventas en Japón, el de Asamiya —que duró muy poco, apenas dos años, pero que dio para una versión en anime de 26 capítulos— es un trepidante manga más de acción que de reflexión detectivesca, sobre todo gracias a las grandes luchas de megamatones, robots enormes alimentados con vapor cuyo diseño recuerda mucho al *Tetsujin 28* de Mitseteru Yokoyama, el primer manga de mechas creado en 1956. Narutaki también tiene un fiel mayordomo como Bruce Wayne, Kawakubo, un leal amigo que trabajó con su padre y está familiarizado con los casos más antiguos del gran detective de Steam City.

Steam City puede dormir tranquila gracias a la protección del joven detective Narutaki.

LA LIGA DE LOS HOMBRES EXTRAORDINARIOS

DE ALAN MOORE Y KEVIN O'NEILL (INGLATERRA, 1999)

El Imperio británico está a salvo en 1898 gracias a un supergrupo de hombres excepcionales liderados por lady Mina Murray, más conocida como Mina Harker en la novela *Drácula* (1897) de Bram Stoker. También forma parte del grupo el capitán Nemo, el temido pirata de los siete mares a bordo de su moderno submarino *Nautilus*, creado por Julio Verne en *Veinte mil leguas de viaje submarino* (1870); el viejo cazador Allan Quatermain, de *Las minas del rey Salomón* (1887) de H. Ridder Haggard; el gigantón y salvaje Edward Hyde, el reverso oscuro y maligno del doctor Henry Jekyll, de *El extraño caso del doctor Jekyll y el señor Hyde* (1886) de Robert Louis Stevenson; y la invisibilidad y psicopatía del científico Hawley Griffin, de *El Hombre Invisible* (1897) de H. G. Wells.

La Liga de los Hombres Extraordinarios fue el hijo bastardo de *Lost Girls* (1991-1992 y 2006), la obra metaliteraria erótica de Alan Moore y su esposa Melissa Gebbie. En aquel cómic, una madura Alice Liddell, la famosa niña de *Alicia en el país de las maravillas* (1865) de Lewis Carroll, una joven y casada Wendy Moira Angela Darling, surgida de la imaginación de J. M. Barrie para la obra de teatro *Peter Pan* (1904), y una poco virginal y salvaje americana Dorothy Gale, protagonista de *El maravilloso mago de Oz* (1900), de L. F. Baum, llegaban a conocerse y disfrutar carnalmente la una de la otra en un resort de los Alpes austriacos en la víspera de la Gran Guerra. Esa ucronía ficticia le gustó tanto a Moore que comenzó a pensar en una alternativa no erótica para una futura historia en cómic.

En 1997, tras su excelente trabajo en la serie *Supreme*, Liefeld le pidió a Moore encargarse de plantear nuevas series para su nuevo sello Awesome. Moore creó tres series nuevas: *Warchild, The Allies* y un tebeo que tenía que dibujar Simon Bisley con el nombre de *The League of Extraordinary Gentlefolk*, protagonizada por algunos de los mejores héroes de las novelas victorianas de ciencia ficción. Finalmente, *La Liga de los Hombres Extraordinarios* acabaría en manos de Kevin O'Neill y lo publicaría el sello America's Best Comics bajo el paraguas de la Wildstorm de Jim Lee. Fue la serie más longeva de Alan Moore. Aunque el cómic comenzó siendo un artefacto steampunk, con el tiempo se convirtió en un catalizador metaliterario que recoge la ciencia ficción, la fantasía y la ficción mundial desde la época de Shakespeare hasta el cómic británico de los cincuenta y sesenta o el *Harry Potter* de J. K. Rowling.

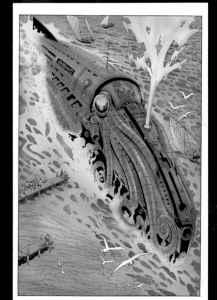

Los héroes victorianos se juntan en un supergrupo para detener la amenaza de Moriarty.

STEAMPUNK

DE JOE KELLY Y CHRIS BACHALO (ESTADOS UNIDOS, 2000)

A mediados del siglo XVIII, el pescador Cole Blaquesmith pide ayuda al malvado médico Absinthe Mortimer para que cure a su amada Fiona. Absinthe le convence diciéndole que la solución está en el futuro, y que puede buscar la cura con una máquina de su invención. Blaquesmith viaja a 1954 y trae todos los libros científicos a Mortimer, pero éste lo traiciona matándolo y utiliza la tecnología del siglo XX para convertirse en el monarca del Imperio británico de su tiempo. Blaquesmith despierta a mediados del siglo XIX, convertido en un monstruo con su pecho convertido en un gran horno de metal y un brazo derecho gigante y automatizado. El resucitado pescador se convertirá en el líder de la revuelta contra lord Absinthe, quien envía a sus mejores asesinos para matar a Blaquesmith.

Joe Kelly y Chris Bachalo eran considerados dos autores importantes en el cómic superheroico norteamericano. El primero había triunfado en Marvel con la serie *Deadpool* y el segundo se hizo famoso con el cómic *Muerte: el alto coste de la vida* (1993), con Neil Gaiman, pero a finales de los noventa era el dibujante de *Generation X* y *Uncanny X-Men* para Marvel. Kelly estaba enamorado del arte barroco y recargado de Bachalo. Éste le enseñó unos diseños steampunk de armaduras imposibles en los que trabajaba y Kelly quiso hacer una serie con esos locos conceptos decimonónicos. No le dieron muchas vueltas a la nueva serie en la que estaban trabajando: se llamaría *Steampunk*, sin muchas florituras.

Con el beneplácito de Cliffhanger, uno de los sellos de la editorial Image, el primer número de *Steampunk* se publicó en abril de 2000 y nadie entendió nada. Si el arte de Bachalo ya era recargado y barroco normalmente, con su obra más personal se desmadró hasta niveles increíbles. Los diálogos de Kelly flotaban como podían en medio de páginas tan cargadas de detalles que no sé cómo no se volvía loco el entintador Richard Friend, que firmaba como Chrisendo. El tono de la historia tampoco ayudaba mucho: descubrirla a través del amnésico y resucitado Blaquesmith era bastante caótico a todos los niveles. La serie se planeó para que durará 24 números, pero el poco interés que demostró el público estadounidense a lo largo de la serie hizo que se cancelara con

sólo doce números, sólo su primera parte. Bachalo siempre ha dicho que es una de sus trabajos favoritos y le gustaría acabarla en un futuro. Personalmente, espero que algún día se publique un sketchbook completo de todos los increíbles diseños steampunk del dibujante de Manitoba.

Barroco dibujo steampunk de Chris Bachalo en una historia que no conoció su final.

FULLMETAL ALCHEMIST

DE HIROMU ARAKAWA (JAPÓN, 2001)

Los hermanos Edward y Alphonse Elric son huérfanos de madre, pero Edward convence a su hermano pequeño de resucitarla a través de la alquimia, algo que está prohibido en seres vivos. El resultado no puede ser más desastroso, con Edward perdiendo su pierna izquierda y Alphonse todo su cuerpo. Para recuperar a su hermano, Edward sacrifica también su brazo derecho para guardar el alma de su hermano en una armadura de metal. Edward es curado con prótesis metálicas y los Elric se unen a las Fuerzas Armadas de su país, Amestris. Edward se convierte en el único alquimista de acero, capaz de manipular el metal con su magia interior. Los dos hermanos buscan la piedra filosofal para recuperar el cuerpo de Alphonse.

Tras trabajar como asistente de Hiroyuki Eto en 1999, la mangaka Hiromi Arakawa debutó en la revista *Monthly Shonen Gangan* con la historia corta *Stray Dog*. Tras un par de relatos cortos más, Arakawa estaba preparada para ofrecer su primera serie larga. *Fullmetal Alchemist* debutó en julio de 2001 y finalizó en julio de 2010 con 108 capítulos publicados. En 2007, tuvo su primer hijo y Arakawa no paró en ningún momento la serie, que se convirtió en uno de los grandes mangas de principio del siglo XXI, con dos series de anime, varios videojuegos y novelas, dos películas de animación y una

con actores reales producida por Netflix para todo el mundo. Y gran parte de este éxito es debido a la mezcla de magia o alquimia, tan famosa por la serie de Harry Potter, con un universo steampunk bastante reconocible.

Uno de los principales reclamos de *Fullmetal Alchemist* es el mundo que Arakawa definió para ubicar las desventuras de los hermanos Elric a la búsqueda de la piedra filosofal. Amestris, el país de origen de los hermanos, es una especie de mezcla entre Inglaterra y el Imperio alemán de principios de siglo XX con una sociedad muy militarizada donde la alquimia sólo puede ser practicada por el ejército. Amestris es un país en constante peligro, temiendo las invasiones de su vecino del norte Dracma o las revueltas internas en el sur de la región de Ishval. Arakawa llegó a tratar temas como el de los refugiados de guerra para acercar su trama mágica-steampunk a la dura realidad de nuestro presente político.

Los hermanos Elric a la búsqueda de la piedra filosofal que devolverá su cuerpo a Alphonse.

TRAZOS ESCARLATA

DE IAN EDGINTON Y D'ISRAELI (INGLATERRA, 2002)

Diez años después de la fallida invasión marciana de la Tierra, el Imperio británico ha crecido gracias a hacer tecnología inversa con las naves que los marcianos abandonaron en Inglaterra tras perecer bajo el poder de los virus y las bacterias terráqueos. En el Támesis comienzan a aparecer cuerpos de mujeres a los que se les ha drenado toda la sangre y la prensa sensacionalista lo anuncia como ataque vampírico. El retirado mayor Robert Autumn y su criado Arthur Currie intentarán buscar a los culpables de estas atrocidades tras aparecer el cuerpo de la sobrina de Currie asesinada por el vampiro. Poco sospecharán que estos asesinatos están vinculados con el gobierno de una manera que no podrían imaginar.

La guerra de los mundos (1897) de H. G. Wells es una de las fantasías victorianas más canónicas de la ciencia ficción. La obra recogía la ansiedad que la sociedad británica tenía ante un gran conflicto bélico por culpa de las tensiones políticas europeas y territoriales que desembocaría en la Gran Guerra de 1914. Entre 1871 y 1914 se publicaron más de sesenta obras de ficción que describen la invasión de Gran Bretaña. Hay algunas premonitorias, como *La batalla de Dorking* (1871) de George Tomkyns Chesney, pero ninguna se recuerda tanto como la novela de Wells que ha sido adaptada muchísimas veces en otros medios, desde

el cine hasta la radio, en aquella mítica versión de Orson Welles y Howard E. Koch de 1938. Uno de ellos es el cómic, evidentemente, aunque el guionista Ian Edginton y el dibujante D'Israeli prefirieron saber qué ocurría después del fin de la guerra y cómo prosperará la sociedad con la tecnología marciana tan avanzada.

Trazos escarlata se publicó en Judge Dredd Magazine en 2002 y pronto le seguiría una secuela, The Great Game (2006), una precuela, una libre adaptación de la propia novela de Wells (2006) y tres series más, Cold War, Home Front y Storm Front publicadas en la revista 2000 AD entre 2016 y 2020. Con un mundo que gráficamente conocen muy bien, los autores se lanzaron a imaginar la tecnología marciana en una sociedad puramente victoriana, la primera obra sucede alrededor de 1906 y en ella destacan los coches con tracción en las ocho patas con forma de araña.

Cuando Inglaterra vence a los marcianos, aprovecha su tecnología para prosperar.

CLOCKWERX

DE JASON HENDERSON, TONY SALVAGGIO Y JEAN-BAPTISTE HOSTACHE (FRANCIA, 2009)

En el Londres de 1899, una serie de misteriosos asesinatos en los muelles del Támesis despiertan la curiosidad de Matt Thurow, un exdetective de Scotland Yard caído en desgracia, que ve en el caso una ocasión de recuperar su antiguo puesto. Poco sospecha que se encuentra en medio de una guerra tecnológica por una fuente de energía que revolucionará al país que la tenga en su poder. La ingeniera Molly Vane intenta que esta nueva energía no acabe en manos de una sociedad secreta que quiere utilizarla para crear maquinaria de guerra.

El siguiente paso evolutivo de la industria mecánica de principios del siglo XX no abandonó realmente los combustibles fósiles pasando del carbón a los derivados del petróleo. No sería hasta la aparición de la gasolina, la fusión nuclear o la revolución de las energías renovables (hidráulica, solar o eólica) cuando la tecnología comenzó a superar los estándares de la Segunda Revolución Industrial. Muchas historias de steampunk tratan sobre la aparición de una nueva energía que sustituye al carbón, pero los guionistas estadounidenses Jason Henderson y Tony Salvaggio lo llevaron un paso más allá al convertir esa energía en el motor de unos robots gigantes que causan el caos en los muelles de Londres.

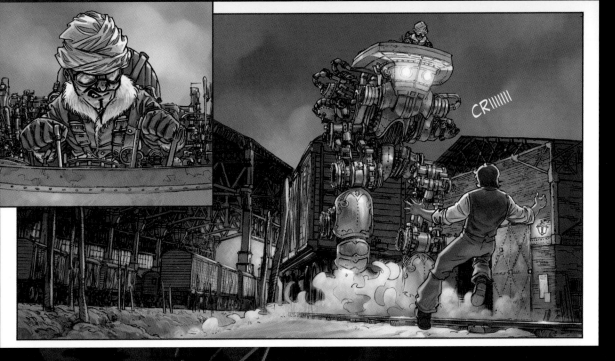

Clockwerx tuvo la suerte de caer en manos de un dibujante muy capaz, el parisino Jean-Baptiste Hostache, quien convirtió a los mechas clock en una de las mejores razones para abandonarse en el Londres victoriano de esta colección de dos números publicados por la editorial Humanoids. El arte gráfico de Hostache es capaz de crear unos ingenios mecánicos impresionantes: unos mechas, robots manejados por un humano desde su interior, que hubiera sido la envidia de Go Nagai (*Mazinger Z*) o Osamu Tezuka (*Astro Boy*). El autor Jason Henderson no abandonaría el ambiente victoriano dedicando parte de su carrera como novelista a series de libros centradas en descendientes de Abraham van Helsing (*Alex van Helsing*) o las aventuras del *Young Captain Nemo*.

Caos en las calles del Londres con luchas de grandes mechas victorianos.

GRANDVILLE

DE BRYAN TALBOT (INGLATERRA, 2009)

En un mundo dominado por animales antropomórficos, aunque existen humanos sin derechos tratados como esclavos, el tejón de Scotland Yard Archibald LeBrock viaja a París con su amigo, el detective rata Roderick Ratzi, a la búsqueda del asesino del diplomático británico Raymond Leigh-Otter. En la capital de Francia descubrirá una peligrosa conspiración política que busca una nueva guerra con Gran Bretaña. Aunque LeBrock formó parte de un grupo de resistencia británico en su juventud, hará todo lo necesario para que la paz vuelva a fluir entre Francia y su subordinada Inglaterra.

Las ucronías o historias alternativas son el ingrediente principal de la grande y rica ensalada que termina siendo un relato steampunk. El artista británico Bryan Talbot desarrolló una fábula victoriana, por el uso de animales, en el que se preguntaba qué hubiera ocurrido en la Gran Bretaña de finales del siglo XX si la Francia de Napoleón hubiera acabado ganando en la batalla de Waterloo. El Imperio francés napoleónico dominaría toda Europa y la sociedad británica estaría afrancesada, con París como capital del imperio. Talbot, además añadió elementos steam como coches a vapor, autómatas, televisores o teléfonos. Partimos de la base de que al ser Europa un país único dominado por un imperio, las dos guerras mundiales no habrían tenido lugar ni se habrían registrado los avances tecnológicos que ocasionaron.

El mundo de *Grandville* también es un homenaje al ilustrador francés Jean-Ignace Isidore, quien firmaba como J. J. Grandville, famoso por sus litografías satíricas donde aparecen burgueses de principio de siglo perfectamente vestidos con rostro de animal. Talbot ha dedicado gran parte de la última década dedicado a esta saga con cinco álbumes, *Grandville* (2009), *Mon Amour* (2010), *Bête Noire* (2012), *Noël* (2014) y *Fuerza mayor* (2017), que cierra una de las pentalogías más excitantes del cómic steampunk reciente. Como ocurría en la ciencia ficción victoriana, *Grandville* es un espejo de las tensiones mundiales actuales y en la obra Talbot ha dejado su opinión sobre las armas de destrucción masiva, los atentados terroristas y la crisis migratoria.

Un tejón y una rata detectives de Scotland Yard investigan misterios políticos.

LADY MECHANIKA

DE JOE BENÍTEZ (ESTADOS UNIDOS, 2010)

Lady Mechanika, así llamaron los periódicos a la superviviente de un asesino en serie londinense que encontraron sin extremidades en un laboratorio oculto. Alguien había sustituido piernas y brazos por componentes mecánicos con una tecnología no conocida a principios del siglo XX. Sin recuerdos de lo sucedido, Mechanika se convierte en una detective privada impecable que sigue sin resolver el caso más importante de su carrera: ¿quién es y por qué se convirtió en un cyborg? Puede que su próximo caso la acerque un poco más a esa temida solución.

Joe Benítez fue uno de los muchos artistas de principios de los noventa que probaron suerte en el mundillo editorial norteamericano, sobrepoblado de editoriales y comic-books. Se presentó en 1993 con un portafolio con su trabajo y al día siguiente ya tenía contrato en el sello Top Cow, de Marc Silvestri. Su primer encargo importante fue una serie con su admirado Walter Simonson al guion, *Weapon Zero*. Pronto estaría dibujando algunos de los títulos más famosos del sello como *The Darkness*, *The Magdalena* y *Witchblade*. Si algunos proyectos de steampunk se fraguan influidos por la literatura, *Lady Mechanika* nació tras una fiesta de cosplayers steampunk en una convención de cómics. El impacto que los trajes de algunas modelos como Kate Lambert (Kato) provocaron en el artista fue el germen de unas de las series más reconocidas en la actualidad del steampunk de Estados Unidos.

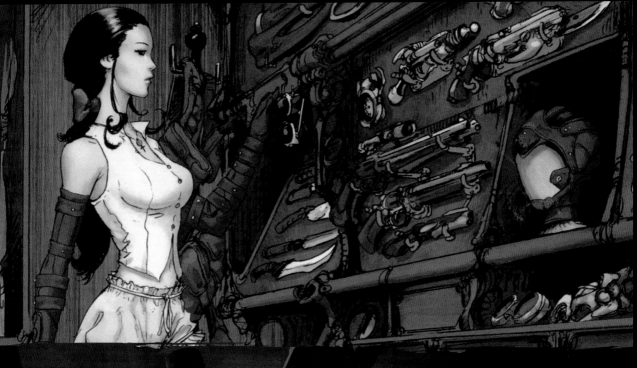

El cómic lleva ocho miniseries publicadas hasta la fecha: de *El misterio del cadáver mecánico* (2010-2015) a *El monstruo del Ministerio del Infierno* (2022) y siempre ha tenido una mezcla entre la acción superheroica y el thriller sobrenatural. Ayudado por Marcia Chen en los guiones, Benítez se inspiró también en la película *Underworld* (2003) de Len Wiseman. Selene, el personaje vampírico que interpreta Kate Beckinsale en el film, es muy parecida a Mechanica y Benítez ha comentado que las primeras historias estaban basadas en la pregunta «¿Qué haría Selene en esta situación?». Aunque le haga falta un poso más dramático, *Lady Mechanika* es un cómic consciente de su función: hacer sexi el steampunk.

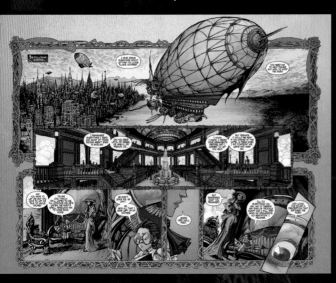

La imaginación del cosplay steampunk inspiró este cómic sobrenatural.

LANTERN CITY

DE MATTHEW DALEY Y CARLOS MAGNO (ESTADOS UNIDOS, 2015)

En el Imperio Gris existen desigualdades entre la ciudad de Lantern City, donde reside el poder del emperador, flotando entre las nubes, y los barrios pobres del underground siempre hostigados por una fuerza policial impecable y opresiva. El obrero Sander Jorve no quiere hacer la revolución como su cuñado Kendal Kornick, pero se ve envuelto en una manifestación matando a un policía por error. La única manera de que no lo acusen es convertirse en el policía que ha asesinado perdiendo su identidad y a su familia. Poco a poco, se irá convirtiendo en el brazo derecho del emperador, al que salva de un atentado en el metro.

Algunos cómics comienzan como cómics, otros, como adaptaciones literarias y otros son proyectos audiovisuales para cine o televisión que encuentran en el cómic un vehículo más barato para venderse, una buena plataforma visual para conseguir financiación. Ése es el caso de *Lantern City*, una serie de televisión planteada por el escritor y director Trevor Crafts, el guionista Matthew J. Daley, también encargado de la novela precuela de este cómic, y el actor Bruce Boxleitner (*Babylon 5*). Como admite el propio Daley, guionista principal del cómic, el worldbuilding steampunk de la serie original se hizo tan grande y tan detallado que se amplió en un cómic para la editorial Archaia Publishing. Para ello contaron con la ayuda de

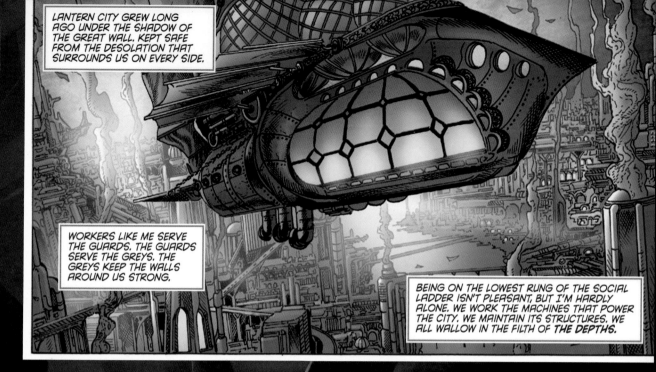

LANTERN CITY GREW LONG AGO UNDER THE SHADOW OF THE GREAT WALL. KEPT SAFE FROM THE DESOLATION THAT SURROUNDS US ON EVERY SIDE.

WORKERS LIKE ME SERVE THE GUARDS. THE GUARDS SERVE THE GREYS. THE GREYS KEEP THE WALLS AROUND US STRONG.

BEING ON THE LOWEST RUNG OF THE SOCIAL LADDER ISN'T PLEASANT, BUT I'M HARDLY ALONE. WE WORK THE MACHINES THAT POWER THE CITY. WE MAINTAIN ITS STRUCTURES. WE ALL WALLOW IN THE FILTH OF *THE DEPTHS*.

guionista Paul Jenkins, quien ayudó con los diálogos de los dos primeros números, y con el artista brasileño Carlos Magno, quien se implicó bastante en el proyecto diseñando un Imperio Gris steampunk apabullante en detalles y repleto de acción.

Más cerca del espíritu comunista de Wells que del sentimiento de aventura de Verne, *Lantern City* es un thriller político disfrazado de steampunk. Los autores quisieron explorar las diferencias de clase entre el submundo y la clase dominante de Lantern City para poder explicar muchas clases diferentes de steampunk, desde la supervivencia y pobreza del underground, similar a los barrios obreros insalubres del Londres de finales del siglo XIX, hasta la ostentación de lujo, riqueza y tecnología superior de la capital aérea del emperador. *Lantern City* es, seguramente, uno de los cómics steampunk más recomendables para entrar en el género del vapor victoriano.

La Revolución industrial también se convertirá en una revolución obrera.

DRIFTING DRAGONS

DE TAKU KUWABARA (JAPÓN, 2016)

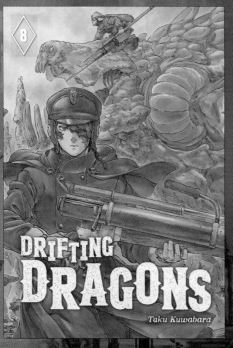

La joven Takita se enrola en el Quin Zaza, uno de los pocos dirigibles dragoneros que todavía surcan los cielos cazando dragones por su piel, el aceite de su grasa y su jugosa carne. Flotando junto a los monstruosos dragones, la tripulación del Quin Zaza es muy profesional, sobre todo su arponero estrella Mila, un amante gourmet de la carne de los dragones, similar al pescado, que sabe preparar y cocinar de varias maneras. Takita descubre pronto que cazar dragones no es tan fácil como parece desde tierra.

«Esta historia comenzó con un boceto. Me vino la imagen de una gran criatura andamiada y descuartizada por un gran número de personas, y la plasmé en un papel. Desafortunadamente, extravié este boceto, pero lo convertí en una historia.» Así cuenta el mangaka Taku Kuwabara el germen de uno de los mangas más imaginativos del steampunk de cómic reciente. Como fan de las películas de Godzilla y grandes kaijus (monstruos gigantes), Kuwabara se inspiró en la fauna microscópica marina para diseñar sus gigantes dragones mezclado con un toque muy Miyazaki de *Nausicaä en el valle del Viento*. El toque steampunk lo exigió el propio guion que estaba desarrollado. Si la historia estuviera ambientada en una era tecnológicamente superdesarrollada la serie se habría convertido en una caza de dragones poco exigente. El artista quería desarrollar historias en las que los

Recorre los cielos en el barco aéreo Quin Zaza cazando y cocinando dragones.

se inspiró en los balleneros del siglo XIX, cosa que le aña-
día un aire decimonónico a todo el conjunto, con el diseño
de la nave Quin Zaza o los uniformes de la tripulación.

Si la historia, la ambientación y el diseño de los dragones
ya es algo emocionante cuando abres este manga, lo más
llamativo es el estilo de cómic gastronómico cuyo ingrediente principal es absolutamente inventado: la carne de
dragón. Kuwabara definió que ese manjar lleno de proteí-
nas era similar a la carne de pescado de diversos tipos y
se atrevió a incorporar recetas para cocinar el dragón en
varios capítulos. Esto convierte a *Drifting Dragons* o *Dragones a la deriva* en una extraña mezcla entre steampunk
fantástico y gastronomía imposible.

STEAM
GAMES

STEEL EMPIRE

Plataformas: Sega Genesis, Game Boy Advance y Nintendo 3DS.

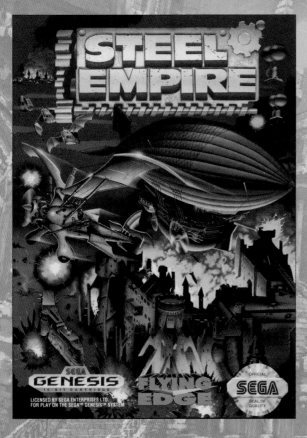

El primer videojuego steampunk de la historia fue *The Eidolon* (1985), un shooter en primera persona en el que manejabas una extraña nave a través de kilómetros y kilómetros de cuevas matando enemigos que se sienten atraídos por su energía. Fue desarrollado por Lucasfilm Games y fue un pequeño éxito a mediados de los ochenta distribuido en las primeras consolas como Commodore 64, ZX Spectrum o Amstrad CPC. En The Eidolon sólo veíamos el control de la nave steampunk que conducíamos. Tuvimos que esperar siete años para que una compañía japonesa se atreviera a hacer un shooter horizontal donde llevábamos grandes zepelines y naves aéreas imposibles muy decimonónicas.

Koutetsu Teikoku, el título en japonés de *Steel Empire*, fue una idea del diseñador de HOT B Yoshinori Satake inspirado en la película de Hayao Miyazaki *Laputa: Castle in the Sky* o la serie *Conan, el niño del futuro*. Estuvo trabajando la idea durante la segunda mitad de la década de los ochenta creando todo un mundo steampunk en el que las máquinas voladoras de vapor podían llegar hasta el espacio y pelear entre ellas.

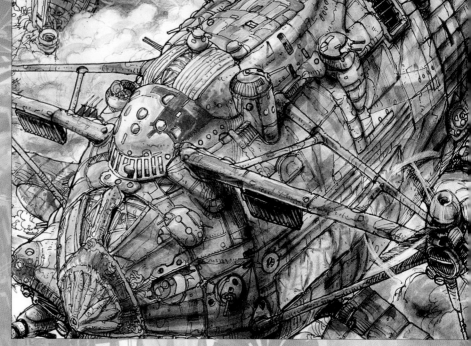

Motorheards es el imperio del acero del general Styron, un imperio que ha colonizado y esclavizado a casi todo el mundo en una Tierra alternativa de mediados del siglo XIX. Sólo sobreviven la República de Silverhead, situada en la Antártida. La armada aérea de Silverhead no se puede comparar con el poder aplastante de Motorheads, pero tiene naves muy ligeras y están comandadas por pilotos muy valientes. El jugador, por supuesto.

Steel Empire es un shooter de scroll lateral horizontal multidireccional. Normalmente toda la acción viene de la derecha, donde tenemos que aniquilar

hordas y hordas de grandes buques voladores de Motorheads. Como en todos estos shooters en 2D, podemos recoger armas y poder cada vez más espectacular para acabar con todas las naves que nos rodean o el clásico jefe final, una nave gigantesca. Lo mejor del juego es el diseño de nuestras naves, como la ligera Striker, con forma de águila rapidísima, o la increíble ZEP-01, un zepelín alimentado con motor a vapor que no depende de la voluntad del viento.

FINAL FANTASY VI

SQUARE (1994)

Plataformas: Super Nintendo.

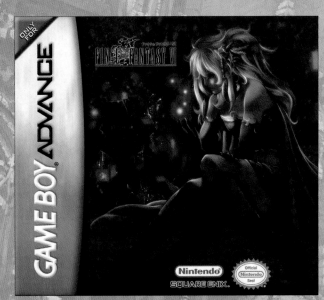

Final Fantasy VI, o *Final Fantasy III* en su lanzamiento inicial en Estados Unidos, fue la primera serie del conocido juego de rol de Square que no fue dirigida por el creador de la serie Hironobu Sakaguchi. Los nuevos directores serían Yoshinori Kitase e Hiroyuki Ito, junto al diseñador de personajes y diseño conceptual Yoshitaka Amano y la música del compositor original Nobuo Uematsu. A diferencia de los otros cinco *Final Fantasy*, más centrados en un ambiente medieval mágico, la sexta aventura de la joya de Square se centró en un mundo ficticio con un estilo de la Segunda Revolución Industrial. Aunque el nivel tecnológico es claramente decimonónico, el arte es puramente renacentista, creando una dicotomía bastante extraña. Vemos ferrocarriles, pueblos mineros, mechas que sólo son piernas robóticas comandadas por un operario y motosierras, pero la gente se comunica con palomas mensajeras.

El mundo de *Final Fantasy VI* es bastante extenso para todos aquellos a los que les gusta investigar en pantallas y pantallas de píxeles. En un principio comienzas en El Mundo en Equilibrio, dividido en dos continentes con el norte lleno de cadenas montañosas. Pero llega un momento en el juego en que el planeta sufre un cataclismo y los dos continentes se dividen convirtiéndose en archipiélagos expandidos por todo el mapa con un continente central: el conocido como Mundo de la Ruina. Como en los anteriores *Final Fantasy*, el jugador se puede mover por las diversas partes del mundo con un barco dirigible. En el juego tenemos el Blackjack del capitan Setzer Gabbiani, un casino aéreo con tienda de artículos para equipar a nuestros héroes y sala de sanación.

Mil años antes de comenzar el juego, las tres diosas mágicas de la Triade lucharon entre sí en una guerra sin cuartel. Para ello utilizaron a los espers, humanos modificados mágicamente para guerrear en largas batallas mágicas cruentas. Pasó el tiempo y se dieron cuenta de su error, liberaron a los espers y se durmieron convertidas en piedra. Los espers se fueron a otra dimensión con las estatuas de las tres diosas, dejando a los humanos solos en su mundo. Sin magia, estos comenzaron a desarrollar su tecnología. Mil años después, el emperador Gesthal invadió el mundo de los espers para obtener su poder, secuestrando a algunos para usarlos como fuente de poder y combinar la magia con la tecnología, la magitek, que alimenta grandes vehículos. Ahora buscan a Terra, la hija mutante de un esper y una humana, para dominar su poder.

Terra: The island...
Something's happening! The earth
is crying out...

SYBERIA

MICROÏDS (2002)

Plataformas: Windows, PlayStation 2 y XBox.

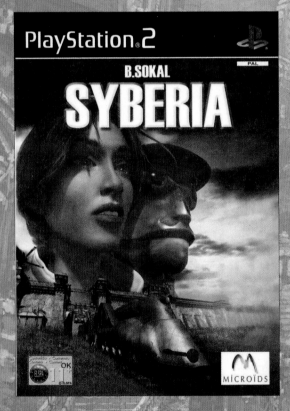

Tres años antes de publicar *Syberia*, el historietista y diseñador de videojuegos belga Benoît Sokal publicó para Microïds el juego *Amerzone* (1999), donde seguíamos a Alexandre Valembois, un explorador francés que emprende una expedición al misterioso país sudamericano de Amerzone donde descubre muchos animales fantásticos. Era una aventura gráfica muy del estilo de las novelas de Arthur Conan Doyle (*El mundo perdido*), Edgar Rice Burroughs (*Tarzán*) o el Julio Verne más aventurero. Para ello se inspiró en su cómic del *Inspector Canardo*, un pato, *L'Amerzone*, publicado en 1986. El juego tuvo buenas ventas y críticas, cosa que hizo plantearse a Microïds y Sokal una continuación.

Con *Syberia* también controlaremos a un personaje para descubrir pistas y avanzar en la trama, la abogada estadounidense Kate Walker, encargada de supervisar la venta de una empresa francesa fabricante de autómatas que termina viajando por toda Europa y Rusia para encontrar al hermano supuestamente fallecido del propietario. A diferencia de *Amerzone, Syberia* abraza la parte más tecnológica del universo verniano con una fábrica imposible de autómatas en un universo muy clockpunk donde no puede faltar un lujoso ferrocarril de vapor manejado por robots con conciencia.

Syberia fue una de las aventuras gráficas más vendidas de principio de siglo XXI y la historia se ha ido desarrollando en más videojuegos, siguiendo a la abogada Kate Walker y otros personajes. En *Syberia II* (2004), Kate sigue a la búsqueda del heredero Hans Voralberg, obsesionado en encontrar mamuts prehistóricos todavía vivos. Con *Syberia 3* (2017), la crítica no fue muy positiva porque tardó demasiado en salir, por problemas con los derechos de Sokal y la venta de Microïds. Recientemente, a principios de 2022, se ha publicado la cuarta aventura gráfica, *Syberia: The World Before*, en el que aparte de con Kate Walker puedes jugar con la joven pianista Dana Roze en el país ficticio centroeuropeo de Osterthal. En este videojuego se establece que la época en

la que se desarrollan todas las aventuras es la década de los años treinta.

DAMNATION

BLUE OMEGA ENTERTAINMENT/POINT OF VIEW (2009)
Plataformas: Windows, PlayStation 3 y XBox 360.

El shooter y juego de acción diseñado por Jacob Minkoff con guion de Michael Urbanski de 2009 se inspiró conscientemente en películas como *Wild Wild West*, *Van Helsing* o *La Liga de los Hombres Extraordinarios*, de las que hemos hablado en la sección de SteamMovies de este libro. La premisa es bastante sencilla, aprovechar el parkour y el sigilo de sagas como *Assassin's Creek* en unos Estados Unidos ucrónicos donde la Guerra Civil se ha eternizado. Como esta cruel batalla fratricida ha durado más de los cuatro años oficiales (1861-1865), los inventos de gente como Thomas Edison y Nikola Tesla fueron usados como tecnología armamentística de guerra.

Gracias a un genio inventor llamado Prescott, Edison y Tesla fueron acusados de sedición, convirtiéndose en el proveedor exclusivo del gobierno confederado de los Estados Unidos. Gracias a su tecnología, la Guerra Civil Americana puede llegar a su fin. Años después, Prescott, con su poderío militar y tecnológico, derroca el gobierno de Abraham Lincoln y establece una dictadura imperial. Grupos disidentes del ejército de los Estados Unidos dirigidos por el capitán Hamilton Rourke intentarán acabar con el reinado de terror de Prescott.

El juego se creó como un mod, una modificación de un juego hecha por fans, del *Unreal Tournament* de 2004. Llegó a presentarse al primer concurso de Make Something Unreal de Epic Games quedando segundo. Lo mejor de *Damnation* son sus grandes espacios abiertos en los que tu personaje puede moverse. Al contrario que muchos juegos shooter 3D que suelen desarrollarse en movimiento horizontal, sobre todo, *Damnation* juega muy bien con las posibilidades verticales, escalando por edificios, tuberías o estructuras metálicas decimonónicas que hubieran sido el sueño de ingenieros como Gustave Eiffel. Incluso existe maquinaria que puede escalar por las paredes y la puedes manejar para subir a otros niveles. Aunque tenga una historia bastante emocionante y una ambientación steampunk asombrosa, Damnation está considerado uno de los peores videojuegos de finales de la primera década del siglo XXI. Muchos críticos lo consideran aburrido, pesado, con poca jugabilidad y con un apartado gráfico muy deficiente, teniendo en cuenta las maravillas que se estaban publicando en 2009 como *Killzone 2* o *Batman: Arkham Asylum*, por poner un par de ejemplos.

RESONANCE OF FATE

TRI-ACE (2010)

Plataformas: PlayStation 3 y XBox 360.

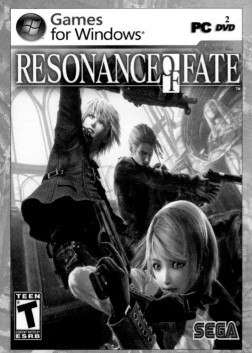

Como ya hemos visto en varios ejemplos de literatura o cine, existen entornos steampunk que se desarrollan en una ucronía, sobre todo, victoriana, mientras otros siguen la tradición distópica apocalíptica. El mundo ha cambiado (guerras, cambios climáticos, etc) y su tecnología y estética en vez de devenir en el canon postapocalíptico punk-rock de *Mad Max* (1979) de George Miller, muta en moda y armas de la ciencia ficción de la Segunda Revolución Industrial. *Resonance of Fate* es un juego de los segundos. La contaminación atmosférica casi acabó con la vida en el planeta Tierra. La humanidad que sobrevivió construyó una gran torre de purificación del aire llamada Basilea. Pasan los años y toda la población sobreviviente vive alrededor de Basilea, vigilada por su núcleo mecánico Zenith, una inteligencia artificial que vincula las vidas humanas a unos cristales de cuarzo donde tu vida está predestinada desde tu nacimiento con un estatus social y una esperanza de vida predeterminados, un sistema social parecido al de la película *La fuga de Logan* (1976) de Michael Anderson o el libro *Un mundo feliz* (1932) de Aldous Huxley. Con el tiempo, Zenith acaba siendo deificado como el gran maestro de Basilea. Como en cualquier obra distópica que se precie, las clases opulentas, los cardenales de la orden religiosa Riedel, viven en la parte superior de la torre de Basel mientras que las pobres viven abajo, donde el aire no está tan purificado como arriba.

En *Resonance of Fate* llevaremos a los tres protagonistas Zephyr, Leanne y Vashyron, un grupo de mercenarios que aceptan trabajos para Basilea. Mientras seguimos cumpliendo misiones descubriremos los oscuros planes de los cardenales, gobernantes de la ciudad y de Zenith. Para realizar las diversas misiones tenemos que entrar en batallas con una mezcla entre combinación de controles en tiempo real, como todos los arcades, y un sistema de batalla por turnos, al estilo de los juegos de rol de toda la vida. Aparte de la estética victoriana en los trajes de los personajes, a medio camino entre el wéstern y el gothic cosplay nipón, lo más impresionante de *Resonance of Fate* es el diseño muy imaginativo de las armas que portan nuestros personajes.

Resonance of Fate fue un juego de rol desarrollado por Tri-Ace y publicado por Sega que fue una pequeña revolución en la jugabilidad de los juegos de batalla por turnos. Dirigido por Takayuki Suguro, director de *Vagrant Story* (2000), con diseños de Kentaro Kagami y Masashi Nakagawa, el videojuego tiene una interesante mezcla de estilos donde el steampunk, la decoración religiosa de escuela gótica y cierta modernidad muy a lo *The Matrix*, una de sus principales inspiraciones según su director, lo convierten en una experiencia jugable muy disfrutable.

GUNS OF ICARUS

MUSE GAMES (2012)

Plataformas: Windows y MacOs X.

Guns of Icarus es el mismo videojuego que Steel Empire pero en 3D y llevando a un avatar dentro de una nave zepelín steampunk. Mientras que en la primera versión del juego, Flight of the Icarus (2010), sólo podías llevar el zepelín Icarus en su ruta comercial defendiéndose de los ataques de aviones que intentan abordar para robar tu preciada carga, en su segunda parte podemos navegar en seis naves steampunk diferentes. El Galeón es el barco más grande y fuerte, pero también el más lento. El Squid tiene una maniobrabilidad impresionante, pero su ligereza le resta puntos de resistencia. El Goldfish tiene cuatro cañones, a proa, babor, estribor y popa, pero su arma más potente es el de proa, con lo cual se recomiendan ataques frontales. El Pyramidion tiene cañones en sus dos cubiertas y es el barco que más daño produce en sus enemigos. El Spire puede girar de manera vertiginosa y es muy difícil de sorprender. Por último, el Mobula tiene cinco potentes armas en su parte frontal, pero no tiene en las otras tres partes del dirigible. Puede subir y bajar rápidamente, pero es muy complicado de reparar.

La dificultad de *Guns of Icarus* es triple, pues no sólo tendrás que guiar el dirigible para evitar los ataques enemigos, también tendrás que disparar desde alguna de las torretas de fuego y tendrás que reparar y mejorar la potencia de fuego y partes de la nave cuando sean alcanzadas durante las misiones. Tanta versatilidad convierte a la segunda parte de *Flight of the*

Icarus en un juego trepidante a medio camino entre la estrategia de batalla y el shooter más encarnizado. Para ello, los desarrolladores de Muse Games incluyeron la opción de multijugador en línea, con la capacidad de formar equipos para defenderse colaborativamente. Cada aeronave está controlada por cuatro jugadores con una función específica: artillero, ingeniero, piloto y, por supuesto, el capitán. También tienes la oportunidad de diseñar el vestuario de tu personaje con un sinfín de modelitos steampunk impresionantes.

DISHONORED

ARKANE STUDIOS (2012)

Plataformas: PlayStation 3, PlayStation 4, XBox 360, XBox One y Windows.

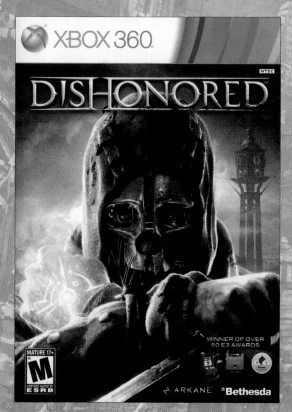

Dishonored fue la primera gran superproducción steampunk de la historia de los videojuegos. Creado por el francés Raphaël Colantonio y el norteamericano Harvey Smith, conocido por la saga *Deus Ex*, fue el primer gran éxito de la productora Arkane Studios, que ya había hecho videojuegos como *Arx Fatalis* (2002) y *Dark Messiah of Might and Magic* (2006). Corvo Attano es un guerrero letal y legendario que trabaja como guardaespaldas de la emperatriz de la ciudad industrial de Dunwall, una urbe azotada por una plaga letal. Corvo es acusado injustamente de haber matado a la emperatriz, a la que había jurado proteger con su vida. Escapa y se convierte en un letal asesino con ansia de venganza contra los que ordenaron la muerte de su ama y conspiraron contra él, un régimen opresivo que se encuentra en el poder.

Una de las cosas más impresionantes de *Dishonored* es el diseño de la ciudad de Dunwall, capital del Imperio de las Islas, un lugar muy decimonónico con una tecnología a medio camino entre el siglo XIX y principios del XX que coexisten con fuerzas sobrenaturales y mágicas, magia que servirá muy bien a Corvo para conseguir su objetivo. Dunwall tiene parte de la arquitectura de Londres y Edimburgo decimonónicas, convirtiéndose en una de las mejores ciudades steampunk creadas para un videojuego. El jugador tendrá que tener bastante cuidado con las fuerzas de la ciudad, los tallboys, agentes subidos encima de grandes zancos metálicos y armados hasta los dientes que defienden los diversos barrios de Dunwall.

Este juego de aventura y acción en modo sigilo, muy del estilo de *Assassin's Creed*, se convirtió en el gran éxito de Arkane siendo el juego más vendido del año por detrás del *FIFA 13*. Gran parte de su éxito se debió a su producción sonora, donde actores famosos como Susan Sarandon, Carrie Fisher, Michael Madsen, Chloë Grace Moretz, Lena Headey o Brad Dourif pusieron voz a diversos personajes. *Dishonored* ha tenido dos partes más y ha llegado a ser la saga más rentable de Arkane: una segunda parte en 2016 y *Dishonored: Death of the Outsider* (2017). También ha tenido un juego de mesa y varios libros extendiendo la leyenda de Corvo Attano y la ciudad de Dunwall.

BIOSHOCK INFINITE

IRRATIONAL GAMES (2012)

Plataformas: PlayStation 3, PlayStation 4, XBox 360, XBox One, Windows y MacOS X.

BioShock (2007) y *BioShock 2* (2010) eran dos videojuegos de acción en primera persona de Irrational Games que habían convencido por su magnífica ambientación de ciencia ficción retrofuturista. En la década de 1960 intentábamos escapar de la ciudad submarina de Rapture, construida a finales de los cuarenta por el magnate Andrew Ryan, una ciudad utópica convertida en una trampa llena de peligros y armas. En la tercera parte de la saga *BioShock* se abandonó el ambiente retrofuturista de los años cincuenta para volverse completamente steampunk con una ciudad flotante al más puro estilo Laputa creada en la Exposición Mundial Colombina de Chicago de 1893.

En el juego llevamos a un agente de la Agencia Nacional de Detectives de Pinkerton Booker DeWitt, quien es enviado a Columbia para recuperar a Elizabeth, una joven secuestrada por el líder de la ciudad flotante, Zachary Comstock, a la que tiene que rescatar y sacar viva de la ciudad. A lo largo del juego, Booker descubrirá que Elisabeth es su hija. Como en otros tipos de videojuegos similares, *BioShock Infinite* mezcla tecnología armamentística con magia con diversos poderes. Elizabeth también puede hacer desgarros en el espacio-tiempo que sirven para conseguir armas o apoyo.

El nivel de detalle y *worldbuilding* de Columbia es realmente abrumador. Tras acabar de matar a todos los enemigos en una de las zonas del juego es interesante darse una vuelta por todo el recinto para ver los detalles y conocer su historia gracias a los diversos quinetoscopios repartidos por todo el juego. La ciudad tiene diversas plataformas suspendidas en el aire unidas por aerocarriles por el que nuestro personaje se puede desplazar a gran velocidad combatiendo contra el enemigo desde el aire. Si Rapture, la ciudad submarina de los dos primeros *BioShock*, era una utopía individualista al más puro estilo Ayn Rand, Columbia es un Estado totalitario donde mandan los religiosos y nacionalistas Fundadores, a los que quieren derrocar el grupo anarquista llamado Vox Populi.

THIEF

EIDOS (2014)

Plataformas: PlayStation 3, PlayStation 4, XBox 360, XBox One y Windows.

El género de acción y sigilo parece estar bastante instaurado en las fantasías steampunk de videojuegos. No sólo la saga *Assassin's Creed* tiene un juego bastante decimonónico conocido como *Syndicate* que sucede en el Londres de 1868 con trajes que se han convertido en uno de los fetiches cosplay más deseados de la comunidad steampunk, también tenemos toda la saga de *Dishonored*, ya comentada en este libro. Con *Thief* seguimos a Garrett, un ladrón, como bien indica el título del videojuego, que intentará conseguir su objetivo de robar todo lo que pueda a los ricos en peligrosas misiones que aumentarán en dificultad a medida que vaya avanzando el juego. Como en todos los juegos de sigilo, tienes varios movimientos para conseguir suprimir a los enemigos. Como un elefante en una cacharrería, con un enfoque letal y mucha acción, o como un maestro ladrón de verdad, siendo sigiloso y no letal para que los enemigos no te detecten, aprovechando las sombras y tu arco especial metálico que se puede utilizar para apagar luces o acabar con objetivos. La planificación de la misión también es importante, pues los caminos se van bifurcando y aumentando en dificultad.

Garrett tiene una vida muy peligrosa robando a los ricos de la Ciudad, la verdadera protagonista de la saga, con una decoración a medio camino entre la arquitectura victoriana y la gótica, siempre vista de noche por el ju-

gador, porque al maestro ladrón le gusta vivir en las sombras y la oscuridad. La Ciudad está asolada por una pandemia mortal que no afecta a los ricos, encerrados en sus lujosas mansiones defendidas por ejércitos de sicarios. Garrett también aprovechará en su beneficio la situación política de la Ciudad, con grandes turbas de ciudadanos pobres insatisfechos que protestan contra la tiranía del Barón, el dueño de la Ciudad.

Thief, también conocida como *Thief 4* o *Thi4f*, ha sido la última aventura gráfica de Eidos tras los videojuegos *Thief: The Dark Project* (1998), creada por Looking Glass Studio, *Thief II: The Metal Age* (2000) y *Thief: Deadly Shadows* (2004). La primera aventura fue todo un clásico del estilo sigilo, influyendo en juegos tan conocidos como *Splinter Cell* (2002) o *Hitman* (2000).

THE ORDER: 1886

READY AT DAWN (2015)

Plataformas: PlayStation 4.

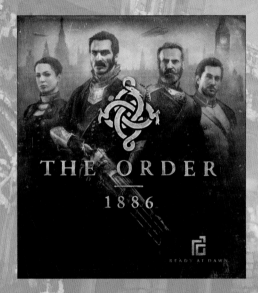

Como en otras fantasías victorianas, como la película *Van Helsing* o *Hansel y Gretel: cazadores de brujas*, comentadas en este libro, la mezcla entre cazadores de monstruos y la estética y los tropos clásicos del steampunk también conviven en los videojuegos. *The Order: 1886* transcurre en un Londres alternativo de, evidentemente, 1886, controlado por los caballeros de la Mesa Redonda, una orden milenaria que lleva siglos luchando contra los seres conocidos como mestizos, hombres lobos y vampiros. Las cosas se complican cuando se enteran de que existen organizaciones radicales terroristas que se están aliando con los mestizos para derrocar al gobierno.

En el juego seguimos a sir Galahad, uno de los principales capitanes de la Mesa Redonda, quien a lo largo de las diversas misiones en el juego irá descubriendo un complot de lord Hasting, amigo de la Orden y dueño de la flota de aeronaves de la United India Company, la principal empresa exportadora-importadora de las Colonias, quien resulta ser un mestizo en realidad. Uno de los principales aciertos del juego, más allá del *wordbuilding* victoriano en una Londres perfectamente ambientada, es el armamento tecnológicamente superior creado por el joven armero de la Orden de la Mesa Redonda: Nikola Tesla, el Q de nuestro sir Galahad. Entre las armas que inventa se encuentra un contundente cañón de luz, un fusil que lanza un rayo eléctrico capaz de hacer explotar las cabezas de nuestros adversarios.

Como shooter en tercera persona *The Order: 1886* se convirtió en un juego muy notable de la productora Ready at Dawn, creadores de la saga *God of War*, siendo su único producto desarrollado para Playstation 4 junto al juego de lucha *Deformers* (2017). Las únicas quejas que recibió el juego fue su falta de opción multijugador, centrándose en una historia demasiado corta con un solo jugador de principio a fin. Ru Weerasuriya, fundador de Ready at Dawn, quiso crear un game de corta duración, entre dos y tres horas, para que el jugador disfrutara de una película. Aunque hay gamers a los que estos juegos no les gustan, es una opción muy entretenida para jugadores foráneos que sólo buscan pasar un buen rato con una historia absorbente.

STEAMESPAÑA

Cuando abordé este libro con mi editor pensamos en una sección de steampunk centrada en España con una lista de establecimientos especializados en moda cosplay decimonónica o en una lista de convenciones o festivales que se celebran en la península ibérica. Pero un par de problemas frenaron este propósito. Primero, el steampunk es una contracultura principalmente *do it yourself*, en el que el propio fan del movimiento se construye su propio traje. Sí que hay tiendas especializadas directamente en moda y complementos victorianos steampunk como Uchronic Time en las Galerías Maldà de Barcelona (C/ de la Portaferrisa 22) o tiendas que mezclan diversas subculturas como la gótica, la steampunk y la otaku como Madame Chocolat (Ronda de Sant Pere 68), también en Barcelona, o J. Canovas Clothing, en Madrid (Calle de Fuencarral 35). También hay sitios como Costurero Real, especializados en trajes y atrezzo para teatro o cine que últimamente realizan trajes steampunk por encargo. La pandemia, desgraciadamente, se ha llevado por delante tiendas especializadas y convenciones. En España y Portugal había varias fiestas del circuito Eurosteampunk y muchas de ellas han mutado a otro nombre o se han anulado directamente. Por eso he decidido centrarme en entrevistar a dos prominentes steampunkers de pura cepa que han organizado y organizan eventos del género en Zaragoza y Barcelona.

La primera es Vany Miranda, presidenta de la As-
sociació Retrofuturista Nautilus y organizadora de
la Feria Steampunk de Barcelona, vinculada a la Eurosteamcon en ediciones anteriores. El segundo es
Pablo Begué, historiador de arte y organizador de las
primeras Convención Eurosteamcon de Zaragoza
desde 2013, actualmente desvinculado de la organización. Los dos afirman que la primera experiencia
con otras personas con las mismas inquietudes victorianas se dio gracias al foro SteampunkSP. Vany ya
tenía afición por vestirse de época en 2007, pero no
fue hasta 2009, en el Salón del Manga de Barcelona,
actual Manga BCN, cuando vio que se anunciaba
este foro con una «imágen en la que se apreciaba
una chica que parecía vestida de época, pero con
artilugios y goggles en la cabeza. Para mi sorpresa, el steampunk era algo que
ya conocía pero que en mi mundo existía sólo en la literatura, no esperaba
encontrarme a un colectivo que además se vistiera y compartiera sus cono-
cimientos al respecto». Pablo conoció el steampunk con cuatro años, cuando
sus padres le llevaron a ver en 1995 la película *La ciudad de los niños perdidos*,
de Jean-Pierre Jeunet y Marc Caro «porque debía tener relación con Peter Pan.
Lloré como un descosido, pero estuve obsesionado durante muchos años con
varios fotogramas que se me habían grabado a fuego en la mente, aunque
mis padres no recordaban el nombre de la película y tuve que esperar a obse-
sionarme con *Amélie* para redescubrir al director». Begué defiende a toda una
generación steampunk que creció con películas como *Wild Wild West*, *La Liga
de los Hombres Extraordinarios* y *Van Helsing*. «Sé que hay gente que verá esto
como un sacrilegio, pero son los referentes que ha tenido mi generación y me
resulta imposible renegar de ellas; son las culpables de que, a día de hoy, siga
investigando como historiador del arte y sea un enamorado de la literatura y
el periodismo británicos del XIX y principios del XX».

La fascinación de Vany por la ciencia ficción victoriana viene por el «romanticismo que va unido a las novelas de época, por sus trajes, por la manera de
hablar, de comportarse… Sí, ya lo sé, también era una sociedad increíblemen-

te machista y por eso me gusta especialmente la ciencia ficción victoriana, tiene ese punto romántico, pero además, transgresor, aventurero: las mujeres pueden ser lo que quieran dentro de esa ciencia ficción». En el caso de Pablo, su predilección por el arte y la literatura de la época victoriana ha acabado determinando su propia vida y carrera profesional: ha estudiando Historia del Arte y se ha convertido en «especialista en la utilización de fuentes iconográficas para la creación de productos de arte y cultura pop y, en la gran mayoría de los casos, terminó pasando por algún referente no necesariamente realista del siglo XIX europeo: ilustración, literatura, pintura, teatro...».

En el foro SteampunkSP o The Golden Gear se hacían encuentros de steampunk en diferentes ciudades, creando comunidad, pero no llegaba a ser una auténtica feria. «En 2012, Marcus R. Gilman (Marcus Rauchfuß) hizo una publicación animando a que todas las ciudades o comunidades europeas amantes del steampunk celebrásemos el mismo día un evento llamado Eurosteamcon conectándonos vía internet entre nosotros para crear un vínculo —me cuenta Vany—. Organizamos un picnic en la Ciutadella… pero unos días antes comenzaron a anunciar lluvias, lo que nos llevó a organizar un plan B. Encontramos un local en la Estación de Francia dispuesto a acogernos si pagábamos una consumición mínima y nos dejaba hacer el picnic en su local. En nuestros encuentros al margen de SteampunkSP éramos unos 15 como mucho y pensábamos que podíamos llegar a ser unos 60… pero vinieron más de 250 personas. Fué un éxito. Ese día llovió como si no hubiera un mañana… si no llega a llover, ¿cuánta gente se habría animado a venir?». Begué nos cuenta que su primera reunión en Zaragoza fue en una fiesta de

Halloween. Al año siguiente, decidió «enviar un correo al Servicio de Juventud del Ayuntamiento de Zaragoza, que nos atendió de mil amores y lo que imaginamos como una tarde para cuatro personas terminó siendo un fin de semana completo lleno de charlas, concursos de vestuario, talleres, juegos de mesa, visitas guiadas por la Zaragoza del XIX, exposiciones, estands de venta y visitantes de Galicia, Madrid, Barcelona, Asturias o La Rioja. Podemos decir con orgullo que también pudimos acoger una exposición de ilustraciones de Víctor Rivas, la primera presentación de una novela de Victoria Álvarez en la ciudad o un concierto de Duendelirium».

La pandemia ha hecho bastante mal a muchas manifestaciones culturales, pero parece que se va a celebrar periódicamente una nueva Feria Steampunk de Barcelona con autonomía propia. Vany cree firmemente «que en España tenemos una de las comunidades más importantes a nivel europeo. Aunque nuestras ferias parecen pequeñas comparadas con macroeventos que mezclan muchas estéticas retrofuturistas y fantásticas como el Wave-Gotik-Treffe (Leipzig, Alemania, o el Kingdom of Elfia (Arcen, Holanda), donde acuden muchos fans del steampunk». Pablo le da la razón: «Es más, diría que, muy por detrás de Reino Unido, por supuesto, España continúa siendo un espacio donde sigue vivo el movimiento, y no por nada llegó a ser el país con más sedes de la Convención Europea de Steampunk, aunque hemos dejado espacio para que otras generaciones vayan integrando algunos elementos en sus propios movimientos».

BIBLIOGRAFÍA

ÁLVAREZ, VICTORIA. *Las eternas* (Ediciones Versátil, 2012).

ARAKAWA, HIROMU. *Fullmetall Alchemist* (Norma, 2013-2014).

ASAMIYA, KIA. *Steam Detectives* (Planeta Cómic,1998-1999).

AUGUSTYN, BRIAN Y MIGNOLA, MIKE. *Batman: Gotham a luz de gas* (ECC Ediciones, 2021).

BAXTER, STEPHEN. *Anti-Ice* (HarperPrism, 1994).

BENÍTEZ, JOE. *Lady Mechanika* (Aspen Comics 2010-2015).

BLAYLOCK, JAMES. *Homúnculo* (Ultramar, 1990).

BOGDÁNOV, ALEXANDER. *Estrella roja* (Nevsky Prospects, 2010).

BONILLA, JOSÉ A. *La inconquistable* (Autores Premiados, 2014); *Sombras de metal* (Apache Libros, 2018); *El aliento de Brahma* (Premium, 2019).

BOSKOVICH, DESIRINA. *The Steampunk user's manual* (Abrams Image, 2014).

CARRIGER, GAIL. *Sin alma, Sin cambios* (Ediciones Versátil, 2010-2011).

CONAN DOYLE, ARTHUR. *Sherlock Holmes Novelas, Sherlock Holmes Relatos 1 y Sherlock Holmes Relatos 2* (Penguin Clásicos, 2015); *El mundo perdido* (Anaya, 2019).

DALEY, MATTHEW Y MAGNO, CARLOS. *Lantern City* (Medusa, 2016-2017).

DE FILIPPO, PAUL. *La trilogía Steampunk* (Grupo Ajec, 2008).

EDGINTON IAN Y D'ISRAELI. *Trazos escarlata* (Devir Iberia, 2004).

ELLIS, EDWARD S. *The Steam Man of the Prairies: A Dime Novel Anthology* (CreateSpace Independent Publishing Platform, 2016).

ELLIS, WARREN Y PAGLIARANI, GIANLUCA. *Aetheric Mechanics* (Avatar Press, 2008).

ENTON, HARRY. *Frank Reade and His Steam Man of the Plains* (Ornamental Publishing LLC, 2020).

GIBSON, WILLIAM Y STERLING, BRUCE. *La máquina diferencial* (La factoría de ideas, 2010).

GREEN, JONATHAN. *Unnatural History, Leviathan Rising, Human Nature* (Abbadon Books, 2007-2009).

HALE, GINN. *Caballeros desalmados* (Blind Eye Books, 2015).

HALPERN, NICOLE YUNGER. *Quantum Steampunk: The Physics of Yesterday's Tomorrow* (J. Hopkins Uni. Press, 2022).

HARLAND, RICHARD. *Worldshaker, Liberator* (Simon Schuster Books, 2009-2011).

HENDERSON, JASON, SALVAGGIO, TONY Y HOSTACHE, JEAN-BAPTISTE. *Clockwerx* (Planeta Cómic, 2011).

HUNT, STEPHEN. *La corte del aire, El reino más allá de las olas* (Espasa, 2008-2009).

JETER, K. W. *Morlock Night, Infernal Devices* (Angry Robots, 2011 y 2017).

KAMIYA, YUU Y HIMANA, TSUBAKI. *Clockwork Planet* (PublishDrive, 2017).

KELLY, JOE Y BACHALO, CHRIS. *Steampunk* (Planeta Cómic, 2001-2002).

KUWABARA, TAKU. *Drifting Dragons* (Milky Way, 2018).

LANSDALE, JOE R. *Flaming Zeppelins: The Adventures of Ned the Seal* (Tachyon Publications, 2010).

MARES, DANIEL. *Los horrores del escalpelo* (Grupo Ajec,2011).

MIÉVILLE, CHINA. *La estación de la calle Perdido, El Consejo de Hierro, La cicatriz* (Nova, 2017-2018).

MIGNOLA, MIKE. *El asombroso cabeza de tornillo y otros objetos extraños* (Norma, 2011).

MITCHELL, EDWARD PAGE. *Sci-Fi and Fantasy Stories From 'The Sun' by Edward Page Mitchell* (CreateSpace Independent Publishing Platform, 2018).

MOORCOCK, MICHAEL. *The Warlord of the Air: A Scientific Romance* (Titan Books, 2013).

MOORE, ALAN Y O'NEILL KEVIN. *La Liga de los Hombres Extraordinarios 1 y 2* (Planeta Cómic, 2016-2017).

MORRISON, GRANT Y YEOWELL, STEVE. *Sebastian O* (Planeta Cómic, 2008).

ONION, REBECCA. *Reclaiming the Machine: An Introductory Look at Steampunk in Everyday Practice* (Universidad de Texas, 2008).

PALMA, FÉLIX J. *El mapa del tiempo, El mapa del cielo, El mapa del caos* (Plaza & Janes, 2012-2014).

PEAKE, MERVYN. *The Gormenghast Novels: Titus Groan, Gormenghast, Titus Alone* (Overlook Press, 1995).

PEETERS, BENOÎT Y SCHUITEN, FRANÇOIS. *La frontera invisible, Las murallas de Samaris, La sombra de un hombre, La fiebre de Urbicande, El archivista* (Norma, 2000-2018).

PERSCHON, MIKE DIETER. *The Steampunk Aesthetic: Technofantasies in a Neo-Victorian Retro-future* (University of Alberta, 2012).

POE, EDGAR ALLAN. *La incomparable aventura de un tal Hans Pfaall* (Edaf, 2006).

POWERS, TIM. *Las puertas de Anubis* (Gigamesh, 2010).

PRIEST, CHERIE. *Boneshaker, Clementine* (La factoría de ideas, 2012).

PULLMAN, PHILIP. *Estuche La materia oscura: La brújula dorada - La daga - El catalejo lacado* (Roca Bolsillo, 2014).

RAMON, JOSUE. *Lendaria, Eco de voces Lejanas* (DLorean, 2000 y Seele, 2012).

REEVE, PHILIP. *Máquinas Mortales, El oro del depredador, Inventos infernales, Una llanura tenebrosa, Vuelos Nocturnos* (Alfaguara, 2017-2018).

SANCHO VILLAR, ANTONIO. *Entre el steampunk y el hibridismo. Danza de tinieblas, de Eduardo Vaquerizo* (Departamento de Literatura Española e Hispanoamericana de la Universidad de Salamanca).

SENARENS, LUIS. *Frank Reade, Jr.: A Collection* (Kindle Edition, 2016).

SHELLEY, MARY. *Frankenstein o el Moderno Prometeo* (Penguin Clásicos, 2021).

STEVENSON, ROBERT LUIS. *El extraño caso del doctor Jekyll y el señor Hyde* (Alba, 2915).

SWIFT, JONATHAN. *Los viajes de Gulliver* (Penguin Clásicos, 2016).

TALBOT, BRYAN. *Grandville, Mon Amour, Bête Noire, Noël y Fuerza mayor* (Astiberri, 2013-2018).

TALBOT, BRYAN. *Las aventuras de Luther Arkwright* (Astiberri, 2016).

TWAIN, MARK. *Town Sawyer en el extranjero* (Editorial Verbum, 2020); *Un yanqui en la corte del rey Arturo* (Alianza, 2016).

VANDERMEER, JEFF. *City of Saints and Madmen, Shriek: An Afterword, Finch* (Farrar, Straus & Giroux, 2018-2022); *La biblia steampunk* (Edge entertainment, 2013).

VAQUERIZO, EDUARDO. *Danza de Tinieblas* (Alamut, 2019).

VARIOS AUTORES. *Ácronos de acero y sangre: relatos de terror steampunk* (Apache Libros, 2019).

VARIOS AUTORES. *Ácronos, antología Steampunk Vol 1 al 4* (Tyrannosaurus Books, 2013-2016).

VARIOS AUTORES. *Clockwork Fairy Tales* (Ace, 2013).

VARIOS AUTORES. *Explorando Final Fantasy* (Diábolo, 2018).

VARIOS AUTORES. *Retrofuturismos: antología steampunk* (Nevsky Prospects, 2014).

VARIOS AUTORES. *Steampunk cinema: un repaso a las 25 mejores películas steampunk de la historia* (Tyrannosaurus Books, 2013).

VARIOS AUTORES. *Steampunk Valencia* (Asociación Todos, 2015).

VARIOS AUTORES. *Steampunk: Antología retrofuturista* (Fábulas de Albión, 2012).

VARIOS AUTORES. *Steampunk* (Tachyon, 2008).

VARIOS AUTORES. *The best of Spanish Steampunk* (Nevsky Prospects, 2015).

VARIOS AUTORES. *The Mammoth Book of Steampunk Adventures* (Robinson, 2014).

VERNE, JULIO. *De la Tierra a la Luna, Viaje alrededor de la Luna, Héctor Servadac, Una ciudad flotante, La casa de vapor, Robur el conquistador, Ante la bandera, El dueño del mundo, El testamento de un excéntrico, Veinte mil leguas de viaje submarino* (Colección Hetzel, RBA, 2018).

VILLIERS DE L'ISLE-ADAM. *La Eva futura* (Mar editor, 2019).

WELLS, H. G. *La máquina del tiempo, El hombre invisible, La isla del doctor Moreau, La guerra de los mundos* (Alianza, 2021); *Los primeros hombres en la luna* (Libros Mablaz, 2017).

WILLEFORD, THOMAS. *Steampunk: Gear, Gadgets, and Gizmos, A Maker's Guide to Creating Modern Artifacts* (McGraw Hill, 2012).

WOODING, CHRIS. *Tales of the Ketty Jay: Retribution Falls, The Black Lung Captain, The Iron Jackal, The Ace of Skulls* (Gollancz, 2017).

https://fiusss.wordpress.com/

https://steampunk.fandom.com/

FILMOGRAFÍA

20.000 leguas de viaje submarino, de Richard Fleischer (1954).

Abigail y la ciudad perdida, de Aleksandr Boguslavskiy (2019).

Arcane, de Christian Linke y Alex Yee (2021).

Asfixia, de Peter Newbrook (1973).

Atlantis: El imperio perdido, de Gary Trousdale y Kirk Wise (2001).

Avril y el mundo extraordinario, de Christian Desmares y Franck Ekinci (2015).

Chitty Chitty Bang Bang, de Ken Hughes (1968).

City of Ember: En busca de la luz, de Gil Kenan (2008).

Code:Realice, de Hideyo Yamamoto (2017).

Doctor Who: La película, de Geoffrey Sax (1996).

El amo del mundo, de William Witney (1961).

El castillo en el cielo, de Hayao Miyazaki (1986).

El hotel eléctrico, de Segundo de Chomón (1908).

El ilusionista, de Neil Burger (2006).

El jovencito Einstein, de Yahoo Serious (1988).

El secreto de la pirámide, de Barry Levinson (1985).

El tiempo en sus manos, de George Pal (1960).

El truco final (El prestigio), de Christopher Nolan (2006).

Jingle Jangle, de David E. Talbert (2020).

Kabaneri de la fortaleza de hierro, de Tetsuro Araki (2019).

La brújula dorada, de Chris Weitz (2007).

La ciudad de los niños perdidos, de Jean-Pierre Jeunet y Marc Caro (1994).

La ciudad de oro del Capitán Nemo, de James Hill (1969).

La gran sorpresa, de Nathan Juran (1964).

La invención de Hugo, de Martin Scorsese (2011).

La Liga de los Hombres Extraordinarios, de Stephen Norrington (2003).

La máquina del tiempo, de Simon Wells (2002).

La materia oscura, de Jack Thorne (2020).

La vida privada, de Sherlock Holmes de Billy Wilder (1970).

La vuelta al mundo en 80 días, de Frank Coraci (2004).

Las aventuras secretas de Julio Verne, de Gavin Scott (2000).

Last Exile, de Koichi Chigira (2003).

Los Irregulares, de Tom Bidwell (2021).

Los pasajeros del tiempo, de Nicholas Meyer (1979).

Mortal Engines, de Christian Rivers (2018).

Nadia, el secreto de la piedra azul, de Hideaki Anno (1990).

Poupelle of Chimney Town, de Yusuke Hirota (2021).

Regreso al futuro 3, de Robert Zemeckis (1990).

Robot Carnival, de Varios directores (1987).

Sherlock Holmes, de Guy Ritchie (2009).

Sherlock Holmes, de Hayao Miyazaki (1984).

Sherlock Holmes: Juego de sombras, de Guy Ritchie (2011).

Steamboy, de Katsuhiro Otomo (2004).

Tai Chi 0, de Stephen Fung (2012).

Tai Chi Hero, de Stephen Fung (2012).

The Empire of Corpses, de Ryotaro Makihara (2015).

The Nevers, de Joss Whedon y Philippa Goslett (2021).

Una invención diabólica, de Karel Zeman (1958).

Van Helsing, de Stephen Sommers (2005).

Viaje a la Luna, de George Méliès (1902).

Victor Frankenstein, de Paul McGuigan (2015).

Vidocq, de Pitof (2001).

Wild Wild West, de Barry Sonnenfeld (1999).

Dedicado a mi bisabuelo Manuel Gómez-Valadés Ortiz, factor del ferrocarril en Don Benito, y a mi abuelo Antonio González Toledano, minero del carbón en Peñarroya-Pueblonuevo. Llevo el vapor en mi ADN.